UN CHIEN DE SAISON

Maurice Denuzière est né le 29 août 1926 à Saint-Etienne. Après dès études de lettres à Lyon, il choisit de faire carrière dans l'aéronautique navale mais il est réformé. Il se lance alors dans le journalisme et ses premiers articles paraissent dans les quotidiens de Lyon et de Saint-Etienne. Pierre Lazareff l'invite à monter à Paris en 1951 où il devient reporter, puis chroniqueur à France-Soir *et au* Monde.

Ecrivain en même temps que journaliste, à seize ans il correspondait avec Charles Morgan, l'inoubliable auteur de Sparkenbroke *et de* Fontaine, *il écrit des romans depuis 1960.* Louisiane *et* Fausse-Rivière, *sa saga du vieux Sud américain ont eu un succès considérable ainsi que* Bagatelle, *dernier volet de la trilogie. Son dernier roman vient de sortir :* Pour amuser les coccinelles.

Ce ne fut pas Néron, le boxeur qui eut, cet été-là, une vie de chien mais son maître adoptif. Félix, un paisible célibataire dont le métier est de déchiffrer les inscriptions antiques a accepté de garder le chien de son ami mais il ne se doutait pas que cela bouleverserait sa vie. Néron est une brute tendre qui aime dormir, rêvasser et, par-dessus tout, jouer : il mordille les tuyaux de machine à laver et provoque des inondations, arrache les papiers de la voiture des mains d'un gendarme et avale la vignette, déterre dans un champ de fouilles le tibia d'un Romain mort il y a deux mille ans et le transporte dans sa gueule comme un vulgaire os. Bref, Néron fait beaucoup de bêtises qui provoquent l'hilarité générale et, en particulier, celle du lecteur. Mais il sait aussi être un compagnon merveilleux pour Félix; il comble sa solitude et l'entraîne vers de nouvelles amitiés.

MAURICE DENUZIÈRE

Un chien
de saison

JEAN-CLAUDE LATTÈS

A la mémoire de
Quo Vadis de Vauptain,
dit « Kova »,
boxer bringé.
(6 septembre 1967 — 28 février 1978.)

I

QUAND le téléphone sonne à l'heure du petit déjeuner, que je prends habituellement vers neuf heures et quart — un œuf mollet, deux toasts dorés, trois cuillerées de marmelade anglaise, quatre tasses de thé au lotus, la première embuée d'un nuage de lait — c'est l'appel d'un intime ou la brutale intervention du destin malveillant.

La règle se trouva confirmée d'une façon mitigée ce matin-là.

« Allô, Félix, c'est Irma... Bonjour... Une grande joie nous échoit, Félix, que je veux vous faire partager illico !

— Vous avez gagné au loto ! Henry a la Légion d'honneur ! votre oncle banquier a cassé sa pipe !

— Vous n'y êtes pas..., mieux que cela, nous sommes invités, Henry, les enfants et moi, à passer trois semaines en Écosse.

— Formidable, Irma ! Je vous y vois déjà. Les distilleries de whisky cachées dans les vallées, le monstre du Loch Ness, les fantômes professionnels, la chasse au renard, Walter Scott, les tweeds de Pringle... et toute la famille en kilt... Vous allez être mignons !

— Oui, hein... Mais..., Félix, il y a Néron !

— Néron ? Que vient faire là le fils d'Agrippine ?

— Néron ! Félix, voyons, notre boxer bringé... Vous le connaissez... Vous êtes le seul de nos amis qu'il n'ait pas encore mordu !

— Il a essayé !

— Maintenant, il vous connaît et je sais que vous lui plaisez ! »

Soit dit entre nous, je me moque comme d'une guigne de plaire ou non à Néron.

« Mais, Irma, je ne vois pas de rapport entre votre toutou et l'Écosse.

— Justement, Félix, il ne peut y en avoir. Les Britanniques exigent une quarantaine de six mois pour les animaux étrangers. Il n'est donc pas question d'emmener Néron avec nous !

— Ces insulaires, Irma, ne seront jamais européens. Dommage, votre fauve eût été

8

heureux au pays de la cornemuse. Il eût trouvé quantité de moutons à égorger et même, dans les landes de Dartmoor, des poneys chevelus. Il aurait pu rencontrer le chien des Baskerville qui lui aurait administré une bonne leçon !

— Ne plaisantez pas, Félix. Qu'allons-nous faire ?

— Mettre votre chien en pension. Il existe, paraît-il, à Livry-Gargan, un quatre-étoiles pour animaux domestiques dont les maîtres voyagent.

— ... Pour traumatiser la pauvre bête !... Vous n'y pensez pas. Le pauvre chou aurait l'impression d'être abandonné, enfermé dans un camp de concentration, et dans quelle promiscuité ! Je ne prendrais aucun plaisir aux vacances et les enfants pleureraient tous les soirs. »

Mon thé refroidit et je profite du silence expectatif de la bakélite pour absorber une ou deux gorgées.

« Allô ! Félix...

— Oui, Irma, je suis là... Pourquoi ne confiez-vous pas votre chien à votre mère ?

— Parce qu'il y a Octavie, Félix !

— Octavie ?

— Sa chienne teckel, hargneuse et insupportable... C'est empoisonnant !

« — Comme vous dites, Irma, empoisonnant, surtout pour Octavie !

— Comment ça, surtout pour Octavie ?

— Parce que Néron, c'est bien connu, a liquidé Octavie, sa femme, après s'être fait la main sur Britannicus et Agrippine, sa maman !

— Je ne comprends rien à cette histoire...

— Romaine !

— Quoi ?

— Histoire romaine, Irma !

— Oui..., bon, tout cela ne résout rien, Félix. Qu'allons-nous faire ?... Il va peut-être falloir renoncer à ce voyage.

— Ce serait idiot... pour un chien ! »

Irma sait admirablement doser les silences. Elle en place un, destiné sans aucun doute à me permettre d'apprécier l'angoissant dilemme et que je mets à profit pour vider ma tasse de thé tiède.

« Voyez-vous, Félix, il faudrait trouver quelqu'un de sûr, un ami que Néron connaisse. Plutôt célibataire, libre de son temps, disposant d'un appartement assez vaste et qui reste à Paris en juillet. »

Aïe, j'ai tout compris, enfin. Irma, la futée, vient, d'une voix enjôleuse aux sonorités de viole d'amour, de brosser mon portrait approximatif. Je les vois venir, mes amis. Henry et elle veulent me refiler en garde leur chien baveur. Un monstre à trogne de catcheur, qui ne pense qu'à sauter sur ses congénères. Vous l'imaginez chez moi, bousculant les guéridons, souillant les tapis, se vautrant sur les canapés, aboyant pour me fâcher avec les voisins ou pleurant ses maîtres légitimes avec la discrétion d'une sirène d'alarme, pour faire croire que je le martyrise. Car ce chien énorme, avec sa moue de vieux bonze sceptique, est vicieux. J'en suis certain !

« Pas question », me dis-je pendant qu'un nouveau temps mort téléphonique se prolonge au-delà de l'admissible. Au risque de faire de la peine à Henry, cette fois je ne céderai pas. Car j'ai toujours cédé à Henry, depuis le collège. Henry qui trichait pour me prendre mes billes et même mes « agates », qui copiait en compo de latin, qui m'a soufflé successivement tous mes flirts avant d'épouser la seule femme qui, peut-être, m'eût arraché à la misogamie. Non, je ne céderai pas au chantage du voyage familial annulé.

« Allô, Irma ! Je viens de réfléchir un moment... Je ne vois pas d'issue à votre dilemme, tel que vous le présentez. Je persiste à croire cependant que la meilleure solution envisageable consiste à confier Néron à un établissement spécialisé...

— Non, Félix. (Le ton a changé, la viole d'amour est devenue cymbale.) Ce qu'il nous aurait fallu, c'est un ami dévoué, un vrai, qui aurait hébergé Néron... Je m'aperçois qu'il est utopique de rechercher un tel concours dans nos relations.

— Ne vous découragez pas, Irma... et dites bonjour à Henry pour moi.

— C'est cela, au revoir, Félix... Henry sera désolé de ne pouvoir tous nous emmener en Écosse... »

Le ton est si acide que je ne résiste pas au plaisir de me montrer désagréable.

« Il y a peut-être une solution, Irma.

— Ah ! oui, dites, Félix, laquelle ?

— Vous gardez votre chien et j'accompagne Henry et les enfants en Écosse ! »

Irma a raccroché.

II

C'EST Henry, bien sûr, qui m'a finalement convaincu de prendre son chien en pension pendant trois semaines. Là où le charme acide d'Irma avait échoué, la dialectique de son mari a emporté mon adhésion. Camelot de l'amitié, exploiteur avisé des bons sentiments d'autrui, il m'extirpe ainsi depuis l'enfance des concours, des sacrifices et parfois des complicités. La fécondité de son imagination pugnace, soutenue par une logistique culturelle de bon niveau, lui permet de convaincre hommes et femmes du bien-fondé de ses aspirations ou de ses désirs. Je l'ai vu, à l'oral du baccalauréat, mettre dans sa poche un examinateur sournois et vraisemblablement hépatique, qui tenait suspendu à la plume de son stylo le zéro éliminatoire appelé par l'ignorance du candidat. Henry, l'œil candide, avec la voix posée d'un baryton et verbeux comme un théologien, réussit à faire admettre au linguiste chargé d'ans, d'expérience et de diplômes que le mot anglais « waterproof », qui signifie « étanche », pouvait aussi bien se traduire, pour peu que l'on soit sensible aux entrechats de l'étymologie pifométrique, par « professeur de natation » !

Davantage pour récompenser l'originalité de la dérobade que pour encourager l'entente cordiale, l'examinateur d'anglais accorda le quart de point qui sauva Henry de l'échec.

« Tu vois, me dit-il ce jour-là, l'examinateur, comme la nature, a horreur du vide... Il faut meubler notre ignorance pour la faire oublier. »

Pour me décider à recevoir son boxer, *animalis non grata* dans les îles Britanniques, Henry usa d'un procédé moins grossier. Sachant l'admiration que j'ai pour Goethe, il me rappela comment un caniche avait ébréché l'amitié vieille de trente ans qui existait entre Charles-Auguste, duc de Weimar, et l'auteur des *Affinités électives*.

« Un acteur ambulant, commença-t-il, avait demandé à Goethe la permission de présenter au théâtre de Weimar son célèbre caniche dressé, dans un acte du mélodrame *Le Chien d'Aubry*. Le poète, qui

14

détestait les aboiements des chiens et bannissait ces animaux de sa présence, alors qu'il admettait facilement les chats, « princes déchus de la race des lions », refusa au saltimbanque l'accès de la scène dont il était le gérant.

« Le duc, qui désirait voir le toutou phénomène, pria Goethe de revenir sur sa décision et d'inscrire la pièce au programme. Le père de *Werther*, nullement impressionné, répéta son interdiction, expliquant que l'accès du théâtre restait interdit aux animaux, même dans l'espace réservé aux spectateurs ! Charles-Auguste, qui aurait aussi bien pu se faire présenter le caniche en son château, voulut montrer qu'il régnait sur tous ses sujets, fussent-ils poètes et philosophes. Il ordonna la représentation. A la veille de celle-ci, Goethe quitta Weimar pour Iéna d'où il ne revint que cinq mois plus tard. Les cabrioles d'un innocent caniche avaient ainsi provoqué la première fêlure d'une amitié exemplaire.

— Je suis sensible à la juxtaposition de situations, à mon avis incomparables, mais il ne sera pas dit, n'ayant pas le génie de Goethe, que je n'en copierai que l'irascibilité, dis-je.

— Tu verras, ajouta le dominateur, Néron est une brute tendre. Comme toi il aime dormir, rêvasser et marcher le nez au vent. Vous pourrez faire ensemble de bonnes promenades au Bois ou dans le Paris désert des vacances... Je t'envie presque, moi qui vais devoir visiter l'Écosse avec femme et enfants... Enfin, ça fait tellement plaisir à Irma... Et puis, Néron est un gardien incorruptible. Or à une époque et dans un quartier où il y a tant de cambriolages, ton appartement et toi serez bien protégés. »

Henry a toujours si bien su présenter les choses que je ne fus pas surpris qu'il puisse aussi bien présenter son chien avec lequel je n'avais entretenu jusque-là que des rapports de pure courtoisie. Quand je rencontrais le boxer à l'occasion de visites rendues à son maître, je ne manquais jamais de lui effleurer la tête d'une main prudente, aussi hypocritement qu'on sourit à un gendarme. « Salut gros toutou ! » lui disais-je, sans trop insister afin de me concilier les bonnes grâces du redoutable représentant domestique du règne animal, certes inférieur à l'homme, quant à l'esprit, mais nettement supérieur côté mâchoires.

Vous voyez à quoi ressemble un grand boxer de deux ans : quarante kilogrammes de muscles gouvernés par une tête de colonel prussien amateur de pendules, carrée, massive, rébarbative et prolongée d'une truffe noire pareille à un vieux morceau de caoutchouc rapé. Ajoutez à ce faciès martelé de catcheur des oreilles raides coupées en pointe, une gueule hérissée de crocs gros comme des dents de cachalots, mais traîtreusement dissimulés sous des lèvres pendantes et molles, prolongeant des bajoues flasques (ce qui donne au quadrupède l'air débonnaire d'un philosophe sceptique) et vous aurez le portrait de Néron. Peut-être faut-il préciser que le boxer de mon ami est de robe bringée à fond fauve, conséquence, affirment les spécialistes, d'un patrimoine héréditaire riche en gènes multiples à action cumulative. Quant à la marque blanche qui lui tient lieu de plastron, elle ne constituerait, toujours selon les gens compétents, qu'un albinisme de surface et des plus seyants.

Afin que ce pur représentant de la race boxer ne soit ni surpris ni traumatisé par son changement de maître et de domicile, il fut convenu que j'irais chez Henry, que je jouerais un moment avec le chien puis que nous ferions tous trois une petite promenade au cours de laquelle on me confierait le soin de tenir mon pensionnaire en laisse, « pour l'habituer à ta main », expliqua Henry.

Mais un chien n'est pas un cheval, hélas ! Quand un cheval change inopinément de direction alors que vous le montez, vous êtes certain de le suivre spontanément. Or, quand le boxer que vous tenez en laisse décide, pour une vague question d'effluves qui vous est tout à fait étrangère, de bifurquer frénétiquement en direction d'un réverbère, son démarrage vous surprend, vous déséquilibre, vous désarticule et vous oblige à des gesticulations propres à déchaîner l'hilarité des passants. Le cas extrême que je connus plus tard est la chute sur le bitume, la reptation incontrôlable au bout de la laisse du furieux, attache qu'il ne faut pas lâcher si l'on veut éviter le pire. Un tel risque ne peut cependant survenir qu'au passage d'une chienne se trouvant dans ces dispositions particulières qui affolent les mâles. Même nantis de pedigrees impressionnants, ces derniers sont incapables de dominer leurs bas instincts.

Ayant satisfait à l'examen du conducteur de chien, je conviai tout le monde à prendre l'apéritif chez moi, étant entendu que Henry s'éclipserait discrètement, sans vaines effusions, pour me laisser tête à tête avec Néron.

« Et s'il pleure, s'il hurle, s'il aboie ?

— Tu ne t'en t'occupes pas..., il finira par se calmer.

— Mais les voisins ?

— Sont sans doute à la mer ou à la montagne... ou aux Nouvelles-Hébrides... Tu penses, dans ce quartier ! »

Henry a toujours envié mon appartement du XVIᵉ.

« Mais si les voisins sont là et n'apprécient pas les vocalises de ton chien, hein ?

— Eh bien, tu leur expliques... Qui pourrait ne pas comprendre ? Et puis, trois semaines, c'est vite passé..., hein ! Il y a trente ans que nous nous connaissons, tu peux faire ça pour moi, non ?

— Comme Goethe et le duc de Weimar, dis-je, sentant venir le conflit sentimental.

— Il me semble que c'était hier que nous nous sommes rencontrés, reprit Henry. Tu suçais un sucre d'orge... rose, je m'en souviens, mon bon Félix.

— Oui, et tu me l'as chipé, je m'en souviens aussi.

— Ça va, je te rapporterai une boîte de sucettes écossaises, et... du whisky, tiens ! »

C'était toujours ainsi que finissait la discussion, chaque fois que cette vieille histoire de friandise annexée revenait sur le tapis... Henry promettait une sucette expiatoire en me serrant affectueusement l'épaule... Je l'attends toujours.

Ayant renouvelé une promesse qu'il ne se soucierait guère de tenir, il s'en fut sur la pointe des pieds.

. Je dois reconnaître que Néron se conduisit tout d'abord beaucoup moins mal que je l'avais craint. Son maître ayant disparu vers les brumes d'Écosse, via le XVe arrondissement, il se coucha en travers de la porte, soufflant et soupirant au ras du parquet comme s'il envisageait une fuite possible par un interstice tout juste capable d'avaler un commandement d'huissier.

Cette période de mélancolie canine, au demeurant bien compréhensible, me permit de résoudre les problèmes d'intendance que posait la présence de mon invité. Le boucher, appelé au téléphone, se déclara capable de joindre chaque jour, à mon escalope ou à mon entrecôte, six cents grammes de bourguignon « coupé en gros cubes », suivant les consignes écrites d'Irma. L'épicier fut sommé de livrer dans les meilleurs délais du riz « Tante Flora » (car Néron a sa marque préférée), un sac de carottes, de l'huile d'arachide, un stock de madeleines (pour le petit déjeuner du boxer) et de la graisse végétale. Je dus encore récupérer dans un débarras une vieille descente de lit et transformer la lingerie en chambre à coucher pour chien où Néron devrait retrouver son « nou-nours » et sa « baballe » en caoutchouc mousse sans lesquels, avait précisé Irma, il ne saurait s'endormir.

Quand parut la jeune Espagnole qui tient ma maison, je dus lui annoncer avec ménagements qu'elle aurait désormais un chien à demeure.

« Oune pétite chienn... ?

— Plutôt un gros, Pilar, voyez vous-même ! »

Pilar vint jeter un regard sur le monstre vautré dans l'entrée entre le porte-para-pluies et le guéridon à courrier.

« Ma, madre de Dios, il est comme oune toro, cette chienn !

— Il ne faut rien exagérer, voyons ! »

Néron, mécontent d'être dévisagé par un sombre regard ibérique, leva sa tête aux bajoues molles et, suprêmement méprisant, bâilla avec une telle ampleur que j'en fus impressionné comme un spé-léologue penché sur le gouffre de Padi-rac.

« Oula, oula, señor, ma vous avez vu ces dentes. Il est comme oune léone cette chienn... Y peut vous manger oune ommbré comme oune paquété de churros !

— Mais non, mais non, il est très gentil, vous verrez... quand vous le promènerez...

— Moi, jè nè promène pas avec oune chienn grande plou qué moi, non ! »

Quand on a la chance d'avoir à son service une perle qui vous cuit la paella, glace vos cols de chemises et accepte de faire l'argenterie au moins une fois par trimestre, il vaut mieux ne pas insister pour ajouter aux tâches ménagères des exercices extra-ancillaires. Je fus donc promu d'office aux promenades... indispensables... de Néron de Portebeau de Claquecrocs, fils de Huchette de Batifolle et de Janus des Éboulis... Noblesse de pedigree oblige !

III

APRÈS une semaine de cohabitation avec
Néron, boxer bringé de haut lignage, je
savais ce que signifie l'expression : une vie
de chien, et son corollaire immédiat : une
vie de maître !

Dès le jour de son arrivée chez moi, mon
pensionnaire avait inspecté soigneusement
l'appartement, flairant chaque meuble,
évaluant le moelleux des tapis, contour-
nant avec une grâce pataude des guéridons chargés de bibelots, enjambant in
extremis, comme pour me donner des
frayeurs, les fils électriques reliés à des
lampes d'albâtre ou de biscuit, essuyant
ses babines baveuses aux accoudoirs des
fauteuils et aux coussins des canapés,
levant un regard de bibliophile informé
sur les éditions rares, insistant pour péné-
trer dans la salle de bain, avant de s'allonger avec la désinvolture de l'odalisque de
M. Ingres sur un kairouan précieux, la tête

entre les pattes. Ainsi posté, il me fixait avec l'insistance d'un maton promu à la surveillance de l'ennemi public numéro un !

J'en étais tout intimidé. A peine si j'osais desserrer ma cravate et chausser mes pantoufles.

Le premier repas, qui lui fut servi suivant les consignes culinaires de sa maîtresse, dut paraître suspect au boxer.

« Quand on s'appelle Néron, on ne doit pas avoir peur du poison », dis-je pour l'encourager.

J'avais compté stimuler son appétit en chatouillant son orgueil. Je fus déçu. D'un coup de museau rapide et précis, il renversa le contenu de sa gamelle sur le carrelage de la cuisine et s'en fut s'asseoir — le dos au public — devant une fenêtre ouverte, guettant le vol des pigeons comme le prisonnier de la tour qui espère la venue des parachutistes libérateurs.

Un peu plus tard, ayant découvert la réserve de légumes, il dispersa courgettes, oignons, poivrons, navets et pommes de terre à travers la maison. Je m'étais laissé dire que le boxer est volontiers espiègle. Néron n'échappait pas à la définition.

Houspillé par Pilar, il crut à un jeu, se mit à sauter comme un cabri, renversa la table de repassage, provoquant ainsi la chute du fer à vapeur qui se disloqua dans un bruit de catastrophe ferroviaire.

« C'est dommage, fit Pilar, réaliste, la garantie, elle a fini hier ! »

Comme la jeune fille s'efforçait, à coups de torchon, de chasser « el perro » de l'office, l'animal s'empara, sans aucune méchanceté, d'un tablier de dentelle que Pilar passe pour servir, les soirs où l'on met les petits plats dans les grands. Il en fit de la charpie, comme les dames d'œuvres pendant les anciennes guerres.

J'espérais secrètement que le bon toutou s'en prendrait à la jupe de la demoiselle, me promettant déjà le plaisir d'un strip-tease malicieux..., mais les cris de Pilar me forcèrent à intervenir avant.

Néron fut enfermé dans l'office où, hors de toute surveillance et s'inspirant du geste auguste du semeur, il décida de répandre le contenu d'une grande boîte de lessive ce qui le fit éternuer violemment... et l'incita sans doute à mordre le tuyau d'alimentation en eau de la machine à laver. Quand l'inondation gagna le salon, nous comprîmes que ce chien avait horreur de la solitude et qu'il était, comme l'avait dit Henry, un compagnon joyeux et fort distrayant.

Au lendemain de cette soirée agitée, Pilar m'informa par téléphone qu'elle filait en Espagne passer ses vacances avec son éternel fiancé.

« Le señor ne sera pas seul, lé gentil perro lui fera la compagnie... »

Dès lors, je devins le domestique du chien, lui consacrant mes journées suivant un horaire aussi strictement établi que ceux des chemins de fer. Henry m'avait prévenu :

« Néron « tient » six heures... Il faut donc « le sortir » quatre fois par jour. »

La sagesse canine fait sans doute valoir que les platanes appartiennent à ceux qui se lèvent tôt ! Néron choisit donc de faire sa première sortie à six heures. Il se réveillait en général au moment où, étant moi-même assez éveillé pour jouir du fait que je ne le suis pas tout à fait, j'imaginais le martyre du père Noé à bord de son arche-zoo.

On me rencontrait donc sur l'avenue, bâillant et trébuchant, à l'heure où les laitiers d'autrefois (maintenant ils ne se dérangent plus) déposaient les flacons devant les portes. On me voyait encore à midi, à dix-huit heures et à minuit, tiré par mon compagnon, de platane en compteur de stationnement, de borne (pour la propreté de Paris !) en réverbère, attentif à éviter toute rencontre avec des teckels hargneux, des papillons ébouriffés et même des épagneuls et des briards, races considérées comme ennemies par Néron qui, au contraire de la plupart des boxers, ne rêve que plaies et bosses.

Moi qui croyais naïvement que les gens à chiens entretiennent aisément des relations routinières aux heures où les vessies se vident, je fus bien déçu. L'insociabilité de Néron me condamnait aux déambulations distantes et solitaires, sa vue inspirant la même méfiance que la clochette du lépreux.

Comme il est impossible, et même illégal, d'entrer chez les commerçants attelé à son chien et que je n'aurais eu garde d'attacher Néron aux anneaux ad hoc dont certaines boutiques sont pourvues, je pris l'habitude de passer mes commandes en hurlant au milieu du trottoir.

« Deux croissants, s'il vous plaît... un camembert et trois yogourts... »

Les vendeuses de mon quartier, qui m'avaient toujours considéré comme une pratique aimable, me tendaient mes paquets à bout de bras, au seuil des magasins.

« Il est méchant, votre chien ?

— Pas du tout ; mais... »

La discussion se trouvait généralement interrompue par une traction brutale de Néron sur sa laisse, une roue d'automobile en stationnement inspirant subitement une contraction à sa vessie pareille au tonneau des Danaïdes.

« ... paierai plus tard... »

C'est tout ce que je trouvais le temps de lancer, entraîné au pas de gymnastique par l'animal qu'appelaient ailleurs les exigences de sa nature canine. Les gens comme il faut hochaient la tête, se retournaient parfois pour suivre mes évolutions, espérant peut-être me voir ligoté, le nez écrasé sur la rude écorce d'un platane urbain par la circumduction de l'irascible boxer, ou entraîné par lui sous un autobus. Car ce chien me paraissait posséder, entre autres originalités, celle d'être daltonien, puisque traversant les rues quand le feu vert a libéré les automobiles et refusant de s'engager sur la chaussée comme un écolier prudent quand les véhicules sont retenus par le feu rouge.

Entre la madeleine du matin, les pâtes de midi et les carottes du soir, les quatre parcours quotidiens, la distribution (malaisée) des vitamines à onze heures, celle du vermifuge (hasardeuse) à seize heures, le

28

gant de crin avec « lotion pour le poil » avant le coucher, mes journées se trouvèrent vite consacrées à Néron.

Mon activité professionnelle fut singulièrement diminuée, ma vie privée réduite à néant, mes sorties supprimées et mes repas réglés sur ceux du chien, car j'en vins rapidement à une uniformisation nutritionnelle qui me fit cuire du riz, des pâtes, des carottes pour deux et déguster un plat unique en même temps que l'animal engloutissait sa pâtée parfois plus appétissante que la mienne.

Un matin, arriva d'Édimbourg une carte postale représentant le château de Marie Stuart et signée par Irma, Henry et leurs enfants. *Nous espérons que Néron sait te distraire et que vous vous entendez bien !*

Je fis renifler le message au boxer, croyant qu'il reconnaîtrait, au verso de la vieille forteresse où fut emprisonné le marquis d'Argyll, le parfum familier de la main de sa maîtresse.

Or ce fut ma main qu'il balaya d'un grand coup de langue affectueux... J'en eus les larmes aux yeux. Nous étions amis.

IV

RETOUR d'Écosse, Henry, Irma et leurs enfants sont venus en cortège me reprendre Néron. Je ne fus pas mécontent de voir que le boxer les reçut sans démonstration de joie excessive. Il se tint même un moment sur une réserve hautaine avant de condescendre à remuer ce qui lui reste de queue pour saluer sa famille. Henry fut, je crois, un peu vexé de constater que « son » chien pouvait se détacher aussi vite de « son » maître.

Les trois semaines avaient passé sans que j'y prisse garde, les soins à donner au boxer écourtant mes journées qui finissaient invariablement par de longues promenades au Bois. Jamais je n'avais pris autant d'exercice et, rentrant exténué, jamais je n'avais aussi bien dormi. Me lever à six heures du matin ne me paraissait plus un exploit. Évidemment, la tenue de l'appartement laissait à désirer. En l'absence de Pilar, le ménage avait été négligé. Irma s'étonna qu'un homme aussi ordonné et quasiment maniaque puisse s'accommoder d'un tel désordre. C'est un fait que, depuis quelques jours, on ne trouvait plus un siège libre et qu'il fallait, pour découvrir le téléphone en cas d'appel, remonter le fil depuis la prise murale comme la fille de Minos et de Pasiphaé rembobinant la pelote du Minotaure pour trouver l'issue du labyrinthe.

La maîtresse de Néron fit deux ou trois réflexions aigres-douces, jugea le carrelage de la cuisine gras « comme le fond d'une poêle à frire » et s'abstint de gourmander sa fillette occupée à graver son nom du bout du doigt dans la poussière qui recouvrait la table de la salle à manger.

« Nous avons le plus souvent, Néron et moi, pris nos repas à la cuisine, afin de simplifier le service, dis-je.

— Prenez garde, Félix, vous avez tendance à vous négliger, fit Irma. Les célibataires finissent toujours par vivre dans un capharnaüm et par sentir le rance.

— Votre chien m'a contraint à beaucoup m'aérer, chère amie, et s'il n'avait pas fait fuir ma gouvernante, vous trouveriez une maison en ordre. En fait, depuis votre départ, j'habite chez Néron et avouez que pour un chien, on peut trouver plus moche. »

Irma me décocha un de ces sourires qui font oublier toutes les réflexions désagréables.

« Sans vous, mon bon Félix, nous n'aurions jamais pu voir l'Écosse en famille et je déplore la perturbation qu'a apportée dans votre existence notre encombrant toutou. »

En disant ces mots, Irma me pressa affectueusement l'avant-bras et son regard me parut une caresse. Henry interrompit cette séquence sentimentale.

« Allez, on rentre à la maison. Les vacances sont finies, Néron ! »

Le chien fit des manières pour passer son collier et je dus intervenir. Par moi, il se laissa faire gentiment, remuant son moignon caudal comme chaque fois au cours des semaines écoulées, quand nous nous préparions pour la promenade.

« Eh bien, dis donc, vous êtes devenus copains tous les deux..., fit Henry un peu amer.

— C'est exact, dis-je, volontairement sentencieux, Néron et moi, nous avons un peu les mêmes goûts, le calme, la musique, la lecture, la bonne chère, bref les plaisirs du foyer.

— Oh! Oh! je te sais très fort, Félix, mais tu n'as tout de même pas appris à Néron à lire et à jouer du piano, je suppose?

— Je puis te dire que ce chien apprécie particulièrement le concerto pour viole d'amour de Telemann et qu'il a déchiré à belles dents l'édition originale de *Made in France* dont Pierre Daninos m'avait fait l'hommage...

— C'est ce qui s'appelle sans doute dévorer un livre, persifla Irma... Notre chien pourrait avoir pris ici de mauvaises habitudes! »

La femme d'Henry avait dit cela du ton qu'employait jadis un père jésuite de ma connaissance quand il repérait le matin en étude un garçonnet aux yeux cernés de mauve. « N'auriez-vous pas de mauvaises habitudes..., mon petit? »

« Parlez-moi de l'Écosse, dit-je, pour changer de sujet.

— C'est un peu monotone, ces campagnes, ces collines répétées, reconnut Irma. C'est vert, terriblement vert! Quand il ne pleut pas, c'est que la pluie vient de s'arrêter ou qu'elle se prépare à tomber!

— Tout de même, intervint Henry, nous avons eu deux très belles journées.

— On a guetté pendant cinq jours dans le brouillard l'apparition de Nessie[1] au bord d'un lac, papa avait sa caméra prête et il ne s'est pas montré, regretta le fils.

— Papa a voulu apprendre à jouer au golf à Dornoch[2] et on l'a expulsé parce qu'il faisait des tranchées dans le gazon avec son club, roucoula malicieusement la fillette...

— Même que les autres joueurs, les vrais, l'appelaient *the ploughman*[3], compléta le garçon.

— Voyons, offrez plutôt à Félix les cadeaux que nous lui avons rapportés », dit Irma, en jetant un regard à Henry, ce qui lui fit subodorer qu'il y avait de la taloche dans l'air.

La diversion fut heureuse et j'ouvris les paquets que les enfants me tendaient. Ils m'ont gâté. J'ai reçu une écharpe de tartan confectionnée à Inverness par le propre kiltmaker du duc d'Edimbourg et du prince Charles, un flacon de whisky « pur

1. C'est ainsi que les Britanniques appellent le fameux monstre du Loch Ness.
2. C'est, d'après les Écossais, le plus ancien golf du monde créé en 1640.
3. Laboureur.

34

malt » de vingt ans d'âge et une gravure représentant Ivanhoé, estampillée par plusieurs générations de mouches des Borders et découverte par Irma chez un antiquaire d'Abbotsford, à deux pas du château baroque de Walter Scott.

Après les congratulations d'usage, tous les cinq s'en sont allés : les parents pressés, les enfants en croquant mes derniers gâteaux secs, Néron en me jetant de biais, par-dessus sa laisse tendue, un regard d'une infinie tendresse qui signifiait, j'en suis sûr : « C'est ma famille, je dois la suivre... Les chiens n'ont pas tous la chance d'être abandonnés. »

La maison sans Néron parut soudain déserte. Des poils follets sur les tapis, un pied de chaise rongé comme un os de mouton, une odeur fauve aussi, me rappelaient mon compagnon. Libre enfin de sortir comme bon me semblait, de retrouver le chemin des antiquaires, des bouquinistes et des théâtres, d'accepter des invitations à dîner, je me sentais désorienté. En trois semaines, Néron m'avait appris plus de choses sur moi-même qu'un psychanalyste n'aurait su le faire en vingt séances de divan à trois cent cinquante francs. Je sais maintenant que la solitude n'est pas une fatalité, que toute misanthropie mérite d'être reconsidérée, qu'une tour d'ivoire, même si elle est en béton, gagne en qualité si on lui adjoint une niche.

J'appris aussi des choses pratiques et utiles. Par exemple, qu'il y a, côté impair, sur la belle avenue que j'habite, entre la rue Maurice-Labadie et le square Madeleine-Assoignon, trente-sept platanes, vingt-neuf compteurs de stationnement, trois coffres à outils de cantonniers, un coiffeur et un libraire qui n'aiment pas que les chiens... frôlent... leurs devantures. Qu'au 147 habite un chow-chow qui promène sa maîtresse (une longue blonde un peu anguleuse), vers dix-neuf heures trente ; que la station-service est défendue dès le crépuscule par un berger allemand vindicatif en diable ; que la gardienne du n° 123 a toujours un seau d'eau pour les toutous qui « s'oublient » au seuil de son immeuble et, en réserve, un choix d'insultes adaptées à la race de l'animal et à la dégaine de son propriétaire ; que tout au bout de l'avenue une jeune fille timide et rose apprécie que l'on trouve grâce et beauté à sa levrette italienne, mince comme un coupe-papier et aussi craintive que sa maîtresse.

J'ai appris aussi que mon boucher est un fieffé coquin qui fait payer deux fois les déchets des gigots : une fois au prix du gigot, une fois au prix des déchets... Je ne m'étonne plus de le voir prospère et de savoir qu'il s'est offert un hôtel à Cabourg tout en gémissant sur la sévérité du fisc.

Néron m'a encore enseigné que les objets-souvenirs sont aussi fragiles que les souvenirs eux-mêmes, qu'un vase de Saint-Louis brisé se remplace plus aisément qu'une amitié rompue, qu'il est bon pour la santé de marcher à heures fixes, que l'on peut très bien éluder un week-end chez des raseurs, surtout désireux de vous avoir pour faire l'ornement de leur dîner, et que se priver d'une générale de pièce d'avant-garde est moins frustrant, culturellement parlant, que de renoncer à un cinq à sept hygiénique.

L'enseignement dispensé par Néron eut une douloureuse contrepartie. Quelques jours après son départ, je ressentis une sorte de crampe ankylosante, au coude droit.

« Tennis-elbow, dit sans atermoiement le médecin consulté. Vous jouez trop souvent !

— Mais, docteur, je n'ai pas touché une raquette depuis dix ans !

— Cette inflammation de l'articulation du coude ne peut avoir d'autre cause... à moins que vous n'assumiez le travail d'une lavandière, à laquelle le maniement du battoir donne parfois de semblables douleurs.

— Je dispose d'une machine à laver et d'une domestique pour la faire fonctionner, et le seul sport auquel je me suis livré ces temps-ci, je vous le jure, a été de promener un boxer à bout de bras. »

Le spécialiste parut vivement intéressé.

« Le cas serait original..., mais il n'est pas impossible que des tractions, par à-coups et répétées, aient pu provoquer les mêmes symptômes que l'on reconnaît quelquefois chez certains champions après la coupe Davis. »

Souffrant pour écrire et même pour me faire la barbe, j'aurais dû me réjouir d'être débarrassé de mon tortionnaire. Il n'en fut rien et, au bout d'une semaine, n'ayant pas de nouvelles de Néron, je téléphonai à Irma.

« Bonjour, Irma ! Comment va Néron ? Et... comment allez-vous ?

— Les enfants vont bien... Merci, Félix... Mais le chien est insupportable, tantôt apathique, tantôt surexcité. Tout d'abord, il n'a pas voulu manger pendant deux jours, puis il s'est mis à réclamer toutes les heures. Savez-vous qu'il a mâché deux planches de timbres-poste moldo-slovaques, très précieux, de la collection de mon mari... Henry est très fâché. Il pense que le séjour de Néron chez vous a traumatisé l'animal plus qu'on ne pensait. Le vétérinaire l'a visité. Nous lui administrons des calmants qui lui font l'effet d'hallucinogènes. Néron se promène la nuit en gémissant à travers l'appartement. Nous ne savons que faire. Peut-être va-t-il falloir s'en débarrasser !

— Passez-le-moi, Irma.

— Qui ? Quoi ?

— Appelez votre chien et mettez l'écouteur près de son oreille.

— Vous êtes fou, Félix... Un chien ne sait pas téléphoner...

— Essayons toujours ! »

Au risque de paraître gâteux, j'ai parlé posément à Néron pendant trois minutes. Je lui ai dit mon affection et donné des conseils de sagesse.

Puis Irma a repris le combiné.

— Allô, Irma, que dit... que fait-il ?

— Il remue la queue. Il a reconnu votre voix. Ce chien est vraiment étrange. Je crois sincèrement qu'il vous aime, Félix, et qu'il serait plus heureux avec vous. Vous l'avez vampé, nous sommes prêts à vous le rendre.

— Il fallait bien que ça arrive un jour.

— Quoi... quoi arrive un jour ?

— Que quelqu'un m'aime, Irma !

— ... »

V

MA conversation téléphonique avec Irma avait fait naître en moi un espoir insensé. Je me plaisais à imaginer le retour du boxer sous mon toit. Je me voyais déjà, le soir, fumant ma pipe en regardant la télévision ou en lisant un auteur ancien, Néron assis du bout des fesses sur mon pied, suivant une habitude relevant autant du sens inné du confort parfait chez les boxers que de l'amputation atavique de leur queue.

Toutefois, connaissant Henry et son sens impérieux de la propriété qui peut aller jusqu'à l'annexion des biens d'autrui, je réfrénais mon enthousiasme. Si Henry paraît décidé à renoncer à l'autorité parentale, me dis-je, il me faudra prendre des garanties, obtenir une cession de Néron en bonne et due forme. On a trop vu de ces abandons dus à des circonstances, à une déception, à une incapacité temporaire ou à une extinction passagère de la voix du sang, remis un jour en cause par des parents honteux et repentants. Ne voulant pas courir le risque de vivre un drame de l'adoption contestée, je pris aussitôt la décision d'exiger, sinon un acte notarié, du moins un engagement formel et irréversible.

En attendant, je me préoccupais, dans la perspective d'une cohabitation régulière avec Néron, d'organiser notre vie commune. Les vacances ne dureraient pas toujours et mes activités professionnelles m'obligeraient peut-être, dès octobre, à quelques déplacements hors des frontières, à de longues stations dans les bibliothèques parisiennes et, en tout cas, à des journées studieuses devant ma table de travail entre mes dictionnaires grecs et latins[1].

Il fallait donc que d'ici là, en quelques semaines, Néron apprenne à vivre à mon rythme et renonce à m'imposer le sien qui eût mieux convenu à un « riche amateur » à la Valéry Larbaud qu'à un homme contraint de gagner sa vie la plume à la main.

---

1. L'auteur qui répugne à parler de lui est épigraphiste-paléographe. (Note de l'éditeur.)

Pilar, qui venait de reprendre son service, dorée comme un beignet, après un séjour espagnol avec son « novio » qui ne me paraît guère pressé de convoler, devrait également s'habituer à tenir le ménage d'un monsieur nanti d'un chien.

Longuement, au cours de cette journée, je réfléchis, essayant d'envisager, d'après ma récente expérience, toutes les situations nouvelles, inattendues et même surprenantes, qui pourraient découler de l'adoption plénière d'un chien. J'ignorais alors que l'imagination du boxer est bien supérieure, en matière de dissipation burlesque, à celle de l'homme.

En fait, je me trouvais dans la position d'un homme confiant dans sa lucidité et se préparant à solliciter la main d'une demoiselle qui ne songe nullement à la lui refuser.

Ma nature méthodique, la méfiance innée que j'ai des approximations, le souci de mieux connaître la race boxer et de mieux comprendre la psychologie si particulière de ses ressortissants me poussa à consulter les auteurs. Le provisoire de la situation antérieure, lors du premier séjour de Néron, m'avait dispensé de telles investigations. On n'est pas forcé de tout savoir d'un hôte de passage, alors qu'il vaut mieux être au fait des qualités et des défauts, comme du comportement éventuel, du chien dont on s'apprête à partager l'existence et dont on entend bien faire le bonheur.

La première chose que m'apprirent les spécialistes, c'est que l'appellation boxer, donnée aux descendants des molosses préhistoriques qui attaquaient l'ours et l'aurochs et, d'après Gaston Phœbus, se montraient capables de dévorer leur maître au petit déjeuner, n'a aucun rapport avec le nom donné à ces Chinois furieux qui, en 1900, assiégèrent pendant cinquante jours le quartier des ambassades à Pékin.

Sans trop s'étendre sur l'origine d'un nom, qui vient peut-être du goût prononcé que les chiens de cette race ont pour le pugilat, que les Britanniques appellent « boxe », un historien des plus distingués m'apprit que les légions de César rencontrèrent en Angleterre un molosse renfrogné qui, d'un coup de mâchoires, broyait les vertèbres cervicales d'un taureau. Cet aimable toutou, qui après la défaite des Cimbres défendit férocement les femmes et les enfants abandonnés par les vaincus, fut remarqué par un impresario romain. Le show-business ayant déjà ses droits,

44

l'organisateur de spectacles fit capturer quelques spécimens de cette vaillante race qui firent les belles matinées du Colisée en combattant l'ours brun et le lion de Nubie.

Après de patientes recherches dans ma bibliothèque, j'en vins à la conclusion que le boxer est l'aboutissement de très anciens croisements dans lesquels ont mis la patte (si j'ose dire) le mastiff anglais, le dogue de Bordeaux, le boston-terrier du Nouveau Monde, le bullenbeisser allemand, le brabançon français et quelques autres molosses de même acabit. Un écrivain canin reconnaît aux frères de Néron « un incontestable mordant » tout en le rangeant dans la catégorie des animaux paisibles et flegmatiques. « Son caractère aimable, sa propreté, son poil ras, sa tolérance des caresses données par des mains étrangères en font un chien citadin et de bonne compagnie », affirme un vétérinaire. « Sa musculature, sa robustesse, sa rusticité, sa résistance à la fatigue et aux maladies le prédisposent à la vie à la campagne », garantit un autre. « Défenseur de son maître par instinct et d'une bravoure ancestrale, d'une fidélité à toute épreuve, intelligent, loyal et gai, c'est à la fois le plus sûr des gardiens et le plus noble compagnon de l'aristocrate », soutient un troisième.

Eh bien, concluai-je de toutes ces lectures édifiantes, il serait étonnant que mon ami Henry acceptât de gaieté de cœur d'abandonner un animal aussi exempt de défauts et dont les qualités ne peuvent que susciter l'envie chez les bipèdes les mieux venus.

Si tous les spécialistes se plaisent à vanter le caractère du boxer, certains s'attachent à mettre en garde les amateurs contre les défauts physiques qui peuvent coûter une médaille d'or dans un concours. Fort des informations recueillies, je me promettais un examen détaillé de Néron qui ne me paraissait pas rigoureusement conforme aux canons définis par les juges les plus sereins. Je lui voyais déjà un peu de grignardisme, la croupe oblique, l'avant-train panard, l'épaule flottante. Avait-il l'anus pigmenté comme il se doit ou le pied écrasé comme il ne faut l'avoir ?. Autant de questions que je refuserais toujours de poser à Néron, l'affection spontanée étant bien au-dessus de ces considérations raciales. A-t-on jamais vu un amoureux comparer les mensurations de la Vénus de Milo avec celles de l'élue de son cœur, ou mettre en balance le buste de cette dernière avec celui d'une si parfaite arrogance de la belle Nel Gwyn peinte en 1670 par un artiste qui ne manquait pas d'audace[1].

Quand on aime, on ne mesure ni la longueur d'un nez, ni celle d'un museau. Belle est la femme qui vous plaît, superbe est le chien qui vous échoit.

A la fin de l'après-midi, n'y tenant plus, j'appelai Irma. C'est Henry qui répondit. Il me parut d'une humeur exécrable.

« Je ne sais, dis-je timidement, si tu es au courant de ma conversation avec ta femme, mais, si sa proposition tient toujours, j'aimerais être fixé afin de prendre mes dispositions.

— A quel sujet ?

— Au sujet de Néron, tiens !

— Ah ! parlons-en de celui-là. Il vient encore de nous en faire de belles... Tu n'imagines pas... Ce n'est pas possible... C'est toi qui lui as mis le diable au corps...

— Qu'a-t-il fait le pauvre chou ?

— Le pauvre chou ! Le pauvre chou ! hoqueta Henry... je t'en prie, ne parle pas comme les mémères à chien-chien !... Le pauvre chou..., comme tu dis, a répandu

_____
1. Sans doute Simon Verelst.

une boîte de lessive dans l'office..., il a éternué..., ça lui a donné soif..., alors il a mordu le tuyau de la machine à laver..., nous pataugeons dans quarante centimètres de mousse..., les enfants se roulent dedans... Irma pleure et notre femme de ménage vient de nous jeter sa serpillière à la figure en déclarant qu'elle ne voulait pas rester chez des fous... Et ce n'est pas tout...

— ... et il a bousculé la table à repasser, ce qui a fait choir le fer à vapeur qui s'est ouvert comme une mangue trop mûre !

— ... Ben, comment sais-tu ça ?... Ça vient d'arriver à la minute... Tu fais de la télépathie, c'est pas possible... A moins que tu n'aies dressé Néron à détruire ma demeure et ma famille.

— Allons, allons, Henry, souviens-toi, tu m'as dit toi-même : tous les boxers sont joueurs, espiègles, distrayants. Chez moi aussi Néron a répandu la lessive, crevé le tuyau de la machine à laver, inondé l'appartement, démoli un fer à repasser presque neuf.

— En tout cas, jamais il n'avait fait ça chez moi, hurla Henry. Je ne veux plus voir ce chien... Si tu le veux, je te l'amène tout de suite avant qu'il nous ait fait expulser de notre logement.

48

— C'est la colère qui te fait ainsi parler. Tu aimes bien trop ton chien pour l'abandonner *définitivement*...

— Si, je suis prêt à l'abandonner à n'importe qui, même à toi..., et *définitivement* ou je le file à la fourrière, ou le vends à la vivisection... »

Le téléphone me transmet, en bruit de fond, des hurlements, des pleurs, des aboiements, des cris incompréhensibles, des claquements de portes et d'autres où je crois percevoir la sonorité flasque de la chair giflée.

« Et les enfants, dis-je, ils ne voudront pas être privés de leur compagnon de jeu.

— ... les enfants..., il les a mordus... tous les deux..., mon vieux... Ce chien est peut-être enragé.

— Et Irma ?

— Irma, glapit Henry, j'aimerais assez qu'elle dise quelque chose... C'est mon chien, j'en fais ce que je veux... Il serait bon que... »

Je comprends que le combiné est l'objet d'une lutte à mains nerveuses au milieu de rugissements dignes de la piste de Bouglione. La voix d'Irma me percutant le tympan comme une détonation m'indique qu'elle l'a emporté.

« Ah ! Félix !... son chien..., il en fait ce qu'il veut, hein ! parlons-en de son chien, c'est trop facile... Monsieur a voulu un chien pour faire le beau. Il a voulu un mâle bien musclé à son image, un animal intelligent, soi-disant pour développer chez les enfants le sens de la nature..., hein !... mais le chien, qui le nourrit ? Qui le soigne ? Qui s'en occupe ? Qui se lève à six heures du matin pour le sortir ? Qui abandonne sa maison à midi et à six heures de l'après-midi ?... C'est Irma... C'est la bonne poire d'Irma qui ne peut plus aller prendre le thé avec ses copines... ni voir un film à trois heures, qui s'est fâché avec son coiffeur parce que Néron a violé sa chienne épagneule, qui doit rester à la maison quand la femme de ménage n'est pas là pour garder ce chien de garde, hein, mon bon Félix, c'est toujours Irma !

— Mais..., chère amie !

— Ah ! taisez-vous, vous n'allez pas le soutenir ! Il faut que vous sachiez que monsieur joue avec son chien le dimanche à la campagne. Il plastronne devant les minettes avec son molosse baveur comme saint Marc avec son lion... Quand une de ces demoiselles lui dit qu'il a un beau chien, il se rengorge comme si on lui disait à lui qu'il est beau... et... (Irma reprend son souffle perturbé par l'indignation)... et à minuit... (elle est maintenant au bord des larmes), tandis que je m'endors, parce que je n'ai rien de mieux à faire..., seule dans mon lit..., Henry fait le joli cœur autour du pâté de maisons avec une donzelle étique qui promène un danois aux yeux rouges. Alors, le chien, mon bon Félix, on vous le donne... ou on divorce ! »

Irma a raccroché violemment pour conserver intact le bénéfice de son réquisitoire. J'imagine que, de l'autre côté de la Seine, dans un immeuble bourgeoisement habité, l'altercation se poursuit entre les époux, dans la maison pleine de flocons de lessive, tandis que les deux enfants pleurent et que Néron, une bave sadique aux babines, contemple le paysage dévasté comme un terroriste après l'exploit.

Une demi-heure ne s'était pas écoulée qu'un coup de sonnette me tirait de ma rêverie mélancolique. J'ouvris la porte. Néron, orgueilleusement dressé au bout de sa laisse, me posa deux pattes frémissantes sur les épaules, me souffla vigoureusement au visage et cligna de l'œil d'un air entendu. Je lui rendis la pareille. Il m'avait choisi.

VI

IL arrive que Pilar soit maussade. Spécialement quand elle revient d'Espagne encore
toute frémissante des tendres épanche-
ments d'un fiancé qui, d'année en année,
prolonge la période probatoire recom-
mandée par la tradition. Le mariage est encore, outre-Pyrénées, un engagement qui
demande réflexion, voire atermoiements.
Pilar, pieuse, fidèle, économe, épousera
donc, j'en suis certain, un homme réflé-
chi.

Ces longues fiançailles, déjà compara-
bles en durée à la rancune d'une célèbre
mule du pape, ont aussi l'avantage de
donner à la jeune fille le temps de constituer, dans son exil productif, une dot à
base de placements immobiliers. Et je
soupçonne le « novio » d'évaluer d'une
Saint-Michel à l'autre, l'accroissement de
ce futur patrimoine.

52

Au cours de ces périodes de réadaptation à la vie active et solitaire, la demoiselle passe facilement de la mélancolie à la morosité et de la morosité à la revendication. C'est généralement au retour des vacances que Pilar réclame de l'augmentation.

L'adoption de Néron, cependant annoncée avec les ménagements qu'imposaient les circonstances saisonnières, lui a fourni un prétexte des plus valables.

« Quand jé soui vénu à la mésonne du señor, on avait pas dé chienn...

— C'est exact, Pilar.

— Eh ! oune chienn ça fait du travail dé plou, surtout oune grande chienn comme loui ! »

Néron, comprenant qu'il fait l'objet de la conversation lève un mufle interrogateur, incline la tête à gauche, signe de grande attention, et regarde alternativement le maître assis derrière son bureau et la soubrette négligemment appuyée à la bibliothèque.

« Avec ses griffes, hein, rien qu'en marchant, il raye lé parquette..., ses poils y s'enfilent comme des aiguilles dans les tapises, et quand y mange, ça gicle partout dans les offices qué jé dois relaver tout.

— Évidemment, un chien de cette taille tient de la place...

— Oula, jé comprends, señor, et ça vous fait au moins oune ore dé travail dé plou... tous les jours. »

Je n'ai jamais eu l'outrecuidance de comparer le nombre d'heures de présence que je paie à Pilar chaque semaine avec le temps réel qu'elle consacre à mon service. Il entre dans les comptabilités ancillaires une notion de temps compensé qui m'est étrangère et Tristram Shandy[1] lui-même s'est vainement essayé à la dissertation métaphysique sur la « durée et ses simples modes ». Pilar va, vient, disparaît, revient, peste contre l'ascenseur en panne ou la lenteur des employés des postes, gémit sur le désordre qui règne chez le teinturier, soutient que faire la queue chez le marchand de légumes lui donne des varices. Elle a ma confiance, se gouverne en gouvernant mon intérieur et ma quiétude s'en trouve assurée.

Que la présence de Néron occasionne des travaux adventices, c'est bien probable.

« D'accord pour une heure de plus, Pilar..., à cause du chien. Mais je ne vois

1. Héros d'un roman célèbre de Sterne.

pas comment vous caserez cette heure supplémentaire dans vos journées déjà si bien remplies... Et je ne voudrais pas que vous amputassiez votre temps de repos. »

Pilar, je le sais, distribue le courrier du matin dans l'immeuble qu'elle habite et va remettre en ordre chaque soir à dix-huit heures le bureau d'un agent de change voisin. La finaude a prévu l'observation.

« Jé né démande pas oune ore supplémentaire à doble tariffé, comme quand jé sers le dîner. Oh ! non, ça serait pas bienn. Jé né veux qu'oune ore... ordinairc... qué je glisserai... comme ça... au milieu des autres...

— ...

— Vous comprénez, señor ? interroge Pilar avec le sourire de Carmen recrutant don José pour la contrebande.

— Oh ! je comprends très bien. En somme vous ferez en six heures... le travail de sept...

— Et voilà, señor, c'est question de...

— ... densité horaire..., Pilar !

— Eso es ! »

Si je tenais un compte exact de ce que va me coûter le boxer, je devrais donc inscrire déjà chaque jour dix-huit francs pour son ménage..., mais je ne m'abaisserai pas à une comptabilité aussi mesquine. Il a donc été admis que Néron, auquel Pilar daigna accorder une caresse et un regard amical dès lors que l'heure, à la fois incluse et supplémentaire, eût été accordée, faisait partie intégrante du train de maison avec les avantages et inconvénients attachés à cette situation nouvelle.

Je dois dire que l'adoption du boxer se déroula sans anicroche. Il retrouva avec satisfaction la vieille descente de lit qui lui avait déjà tenu lieu de couche dans l'office, n'accorda pas le moindre intérêt à la réserve de légumes, mais il flaira, en passant, le tuyau d'arrivée d'eau de la machine à laver, comme pour s'assurer qu'il était toujours accessible. Je crois qu'il voulait ainsi nous faire comprendre qu'il saurait, à l'occasion, user de cet argument qui s'était révélé déterminant lors de son changement de maître et de domicile.

Au bout de quelques jours d'une cohabitation sans histoire, alors que des relations franches et confiantes s'étaient établies entre les trois occupants de l'appartement, Pilar voulut savoir si je prendrais ou non des vacances comme d'habitude. Elle met généralement mon absence estivale à profit pour organiser ce grand nettoyage à fond, qui comprend, dans sa check-list, le lavage des rideaux, le brossage des tapis, l'inventaire des placards, le désinfection du vide-ordures, le dépoussiérage des dessus d'armoires et quantité d'autres travaux qu'on ne saurait effectuer en cours d'année.

« A vrai dire, j'aurais bien besoin de vacances, Pilar, mais où aller avec Néron ?

— Je peux vous louer mon estudio de Málaga, ma cousine Maria vous féra lé mangé... Elle habite à côté.

— L'Andalousie, c'est trop loin... et trop chaud en cette saison. Néron ne résisterait pas à votre canicule. »

Mais Pilar m'avait mis l'Espagne dans les idées et je me suis souvenu à propos de l'hôtel voisin du site archéologique d'Ampurias, tout près de Figueras, où j'avais fait d'heureux séjours.

« Pas l'Andalousie, Pilar, mais la Costa Brava !

— La Costa Brava, señor, c'est pas l'Espagne ça... pft... pft... », siffla l'Andalouse qui n'aimait pas les Catalans.

Avec la promptitude de l'homme disponible, j'appelai aussitôt le propriétaire de l'hôtel en question. Il me donna l'impression que nous nous étions quittés la veille.

« Vaya, vaya, que ça fera plaisir de vous

revoir. Rien n'a changé chez nous, vous savez..., on a toujours la petite plage privée, la paella le jeudi, les gambas fritas et l'anis del Mono tous les jours.

— Et les mosquitos ?

— Fini, señor, on a installé des lampes qui les hypnotisent..., mais vous êtes deux, cette année ?

— Oui, Carlos, deux.

— Marié ?

— Non... pas encore.

— Ah ! coquine dé francés... C'est une blonde comme la dernière fois ou une Anglaise comme la fois d'avant ?

— C'est un chien Carlos... l'accepterez-vous ?

— Pour vous, « no problem[1] »... J'espère que c'est pas un teckel, car nous en avons déjà un avec une dame belge... Il est méchant et braillard.

— Non, c'est un gros chien, un boxer.

— Bravo, bravo, on vous attend. Je vous donne la meilleure chambre... »

L'hôtel de Carlos a cette particularité de ne posséder que des « meilleures chambres ».

---

1. Carlos, qui a fait l'école hôtelière, est trilingue et tient à le prouver en glissant toujours dans la conversation des mots n'appartenant pas à la langue que parle son interlocuteur.

Au moment où j'allais raccrocher le téléphone, l'hôtelier, en bon agent du tou-
risme qu'il est, me rappela opportunément
une formalité administrative indispensable.

« Et n'oubliez pas, don Félix, le certificat
de vaccination antirabique pour votre
chien. La guardia civil ne plaisante pas
avec ça ! »

VII

LES migrations canines qui accompagnent les migrations humaines semblent procurer, chaque année à l'époque des vacances, des revenus substantiels aux vétérinaires. Je pus le constater dans la salle d'attente de ce dispensaire pour animaux de mon arrondissement, où je conduisis Néron au lendemain de ma conversation téléphonique avec Carlos. Le boxer ne serait pas le seul, cet été-là, à passer une frontière. Le tenant au collier, car il avait jeté dès son entrée un regard dénué d'aménité à un fox-terrier grondeur, je m'appliquai à l'attitude du monsieur auquel son chien obéit au doigt et à l'œil. « Assis, plus bouger », dis-je d'un ton péremptoire qui me valut des sourires d'approbation de la part des dames présentes nanties de teckels, de poméraniens ou de caniches. Néron, qui tenait sans doute à me faire plaisir, obtempéra sans tergiverser promenant sur l'assistance le regard résigné d'une sentinelle qui sait son devoir. Les autres représentants de la race canine, pareillement serrés de près par leurs propriétaires, reprirent, après une brève inspection du nouveau venu, un redressement d'oreilles ou une œillade compassée, leurs rêveries intimes. Je devinais cependant que les uns et les autres auraient sans doute échangé plus ou moins aimablement leurs impressions si, dans le local aux murs blancs et au carrelage froid, l'ambiance n'avait pas été à l'inquiétude. Comme ses congénères avaient dû le faire avant lui, Néron reniflait avec un maximum de discrétion et en relevant le museau un cocktail d'odeurs bizarres où la narine humaine reconnaissait le désinfectant et des relents médicamenteux, lesquels devaient couvrir pour le boxer les effluves plus réjouissants de la féminité canine.

Notre arrivée avait interrompu une conversation entre deux dames et un chauffeur de maître, reconnaissable à son costume de gabardine grise et à la casquette qu'il avait déposée sur un siège vacant. L'objet de l'entretien était évidemment le pékinois blond cavaté d'un nœud de soie violette que l'homme tenait dans son giron, copiant sans le savoir la pose que Sir Joshua Reynolds a fait prendre à la belle Nelly O'Brien, la demoiselle au bichon de la Wallace collection.

J'appris en écoutant les propos de l'automédon que le pékinois appartenait à un évêque — d'où la faveur de couleur épiscopale — qui, convoqué à Rome, voulait faire vacciner son socius à quatre pattes.

« La médecine peut protéger cet amour de chien de la rage, mais qui le protégera des brigades rouges si celles-ci décident de l'enlever pour demander rançon, questionna assez perfidement une dame accompagnée d'un basset artésien au regard las de vieux viveur.

— Ah ! madame, nous y avons pensé. Et, croyez-moi, j'ai des consignes de prudence. Monseigneur ne supporterait pas le rapt de Luc !

— Il s'appelle Luc ?... s'étonna une femme âgée sur les genoux de laquelle tremblotait un pinscher aux yeux exorbités.

— Oui, Luc, c'est son nom, dit avec condescendance le chauffeur, en ébouriffant d'une main câline la toison du pékinois diocésain. Monseigneur l'a baptisé ainsi en souvenir de l'évangéliste qui conte l'histoire du chien que l'on vit lécher les ulcères de Lazare. Un bas-relief de la cathédrale de Moissac illustre le miracle..., madame ! »

Le silence religieux qui suivit cette déclaration fut soudain troublé par un miaulement plaintif, émanant d'un panier d'osier du genre de ceux que les employés des chemins de fer utilisaient autrefois pour transporter leur casse-croûte. Surpris par le coup de rein de Néron, dont l'échine s'était brusquement hérissée, je faillis lâcher le collier.

« Allons, voyons, pas bouger », criai-je d'une voix qui trahissait mon émotion.

Le hurlement que s'apprêtait à pousser le boxer aux bajoues frémissantes d'indignation s'étrangla dans un borborygme caverneux.

« C'est mon Kizounet qui est malade », fit une demoiselle rougissante et démodée, portant lunettes et coiffée à la Sévigné, en désignant le coffre d'osier posé à ses pieds.

Le boxer déteste les chats et tout appel à sa pitié est vain, même devant un « greffier » paralytique. Je le tenais donc ferme, sachant que livré à son instinct il serait capable de démonter le contenant pour se saisir du contenu. Comme les miaulements viraient à la plainte bouleversante, je crus

bon de rassurer la propriétaire de Kizounet.

« Ne craignez rien, mademoiselle, pour
votre petit chat malade. Est-ce grave ?

— Eh bien, je l'ignore, mais il enfle de
jour en jour. Toutes ses fonctions sont
normales, mais il somnole et ne quitte plus
son fauteuil..., c'est pourquoi nous venons
consulter. »

Une assistante en blouse blanche apparut fort opportunément pour nous délivrer
du panier gémissant, qui disparut emporté
par la demoiselle à talons plats, avec les
mêmes précautions que devait prendre
l'évêque au pékinois quand il portait le
saint sacrement.

« Les chats, c'est une engeance ! Délicats,
perfides et comédiens avec ça », lança un
monsieur aux cheveux en brosse nanti
d'un berger allemand auquel personne
n'aurait osé manquer de respect.

Trois quarts d'heure passèrent en discussion générale sur les mérites comparés de
la gent féline et de la gent canine. De
temps à autre, l'assistante invitait un client à
la suivre derrière une porte en verre dépoli.

Quand vint notre tour, à Néron et à moi,
nous croisâmes dans un couloir la jeune
fille au chat encore plus rougissante et
bégayante d'émotion.

DU MEUBLE INDIVIDUEL... AU GRAND ENSEMBLE

catalogue gratuit

FACULTE DE RETOUR

LIGNE OR
JUXTAPOSABLES - SUPERPOSABLES
4 hauteurs - 2 largeurs - 2 profondeurs

La dernière née des exclusivités de la MAISON DES BIBLIOTHÈQUES, la prestigieuse "LIGNE OR". Etagères et panneaux en mélaminé noir ou ivoire double face, montants en aluminium anodisé brossé doré, avec vérins réglables. Système de crémaillères encastré permettant le réglage en hauteur des étagères au cm. Finition des chants de tablette par un T en aluminium doré. Tous ces modèles peuvent être fermés sur option par des portes en mélaminé, des glaces claires, des glaces Parsol bronze ou des glaces miroir Parsol.

INSTALLEZ-VOUS VOUS-MÊME ULTA-RAPIDEMENT

Exemple de juxtaposition et de superposition

Nos modèles vous permettent de constituer et d'agrandir votre bibliothèque au fur et à mesure de vos besoins par simple pose sans aucune fixation.

La maison des
BIBLIOTHÈQUES
Paris • Bruxelles • Genève • Rome • Rotterdam • Vienne

STANDARDS - RUSTIQUES
CONTEMPORAINES
LIGNE NOIRE - STYLES

250 MODÈLES Juxtaposables Superposables - Démontables
VITRÉS OU NON
COMBINAISONS D'ASSEMBLAGE PAR SIMPLE POSE SANS AUCUNE FIXATION

A DES PRIX IMBATTABLES !

« Voyons, il faut vous faire une raison, disait un jeune vétérinaire hilare à la blouse maculée, votre Kizounet est une Kizounette, mademoiselle, elle va vous faire des petits dans quelques jours et se porte comme un charme...

— On me l'a cependant offert comme étant de sexe mâle, docteur..., et rien n'a jamais pu me faire supposer... que... même quand il... elle... jouait avec le chat du voisin.

— Il faut toujours se méfier du chat du voisin... Au revoir, mademoiselle. »

Sans le collier étrangleur et la forte chaîne nickelée que m'avait légués Henry, je n'aurais pas misé un yen sur la chatte asiate à la fourrure bleutée que la jeune fille déçue enfermait dans son panier capitonné de cretonne. Je savais par expérience que pour courir sus aux matous sans distinction de sexe ou de naissance, Néron aurait méprisé le bourguignon le plus tendre et négligé la chienne primée au Cruft's show de Londres[1].

« Vous avez là un très beau boxer bringé », déclara aussitôt le vétérinaire qui venait de dissiper l'équivoque d'une grossesse féline.

1. Championnat du monde des chiens.

Avec l'adresse et l'autorité que confère une longue pratique, le disciple de Pasteur administra par surprise la dose de vaccin réglementaire avant même que Néron ait aperçu la seringue.

« Que voilà un chien de bonne composition, conclut le médecin des bêtes, en gratouillant la tête du boxer... Passez de bonnes vacances, monsieur. Ça fait soixante-dix francs. »

L'opération ayant été accomplie en un temps record, je m'apprêtai à prendre congé quand le praticien se ravisa.

« Attendez, permettez, dit-il en s'accroupissant derrière Néron pour lui palper l'entrecuisse d'une main experte. Oh ! que c'est dommage, votre boxer, monsieur, est monorchide..., autrement dit un de ses testicules n'est pas descendu... Quel âge a-t-il ?

— Deux ans.

— Ah ! il aurait fallu l'opérer plus tôt... Maintenant, c'est un peu difficile... Mais n'avez-vous pas remarqué cette anomalie ?

— Ce chien ne m'appartient que depuis peu de temps. Je ne pouvais pas savoir... Ça signifie qu'il ne peut pas...

— Non, il peut, bien sûr, mais la monorchidie est considérée par les juges de concours comme un grave défaut. Les chiens qui en sont atteints se voient automatiquement disqualifiés. Votre boxer qui, par ailleurs, le mériterait certainement, n'aura jamais de médailles, monsieur. »

Néron s'était assis pour suivre plus confortablement cette intéressante discussion. Il ne parut pas ému par une révélation qui eût traumatisé plus d'un mâle de moindre naissance.

« Sa santé peut-elle être affectée par cette... monorchidie ?

— Nullement, mais l'anomalie étant héréditaire, car les monorchides ne sont pas tous stériles, vous ne pouvez prétendre obtenir de votre boxer des sujets sans reproche et par voie de conséquence le laisser s'accoupler avec des femelles de haut lignage dont les propriétaires sont en droit d'espérer de belles descendances.

— Est-ce dire que Néron devra limiter ses prétentions amoureuses aux chiennes bâtardes, de rencontre ou dévergondées ? »

Le vétérinaire me poussa doucement vers la porte.

« C'est une question de conscience, cher monsieur... »

Dois-je dire que l'indifférence de Néron me choqua. Ainsi le fils de Huchette de

Batifolle et de Janus des Éboulis qui descendait, d'après Henry, par une filiation connue des initiés, du fameux Bosko-Immergruen, un bringé or, né en 1898, se voyait condamné par l'Atibox[1], qui est le Gotha des boxers. Et cela pour la seule et unique raison qu'il ne portait qu'un testicule apparent...

Tandis que nous reprenions le chemin de la maison, je rassurai de mon mieux le malheureux monorchide.

« Ne t'en fais pas, Néron, nous aurons toutes les belles chiennes que nous voudrons. Nous laisserons aux snobs les donzelles à pedigree, qui osent compter les glandes génitales de leurs amoureux avant de s'offrir à leurs fécondantes étreintes. »

Ce soir-là Néron eut droit à une pâtée de gala, tandis que je sirotais un grand verre de bourbon ginger ale, ma boisson des jours désenchantés.

Le regard du boxer, tandis que j'agitais des pensées mélancoliques, reflétait une affectueuse compréhension. Quand il vint poser sa tête massive sur mon genou, je lui trouvai même une vague ressemblance

1. Association technique du Boxer, fondée en 1950, à Strasbourg, par des délégués du Boxer Club européen.

avec Orson Welles. Peut-être s'imaginait-il que je ressentais comme une atteinte personnelle à mes capacités génétiques la malformation qu'il supportait, lui, avec une dignité exemplaire.

Tandis que nous écoutions le concerto pour mandoline de Hummel, dont la fraîcheur optimiste m'aide à chasser les idées moroses, je me disais qu'après tout Néron était un heureux mortel. Savait-il qu'à la Jamaïque les chiens ne mangent jamais de viande et sont nourris à la farine de millet parce qu'un poulet étique coûte six dollars et qu'un employé ne gagne que trente dollars par semaine. Pouvait-il subodorer que vingt mille chiens seraient encore abandonnés par leurs maîtres cet été tandis que nous serions en vacances. Qu'on en trouverait errant sur les autoroutes, attachés à des arbres ou à des grilles, « oubliés » volontairement dans les campagnes ou livrés à des refuges, comme ces enfants qu'on dépose anonymement à l'assistance publique. N'échappait-il pas aux menus monotones préparés dans les usines et que la gent canine consomme maintenant par dizaines de milliers de tonnes pour le plus grand profit de sociétés qui fabriquent aussi des détergents. Oui, Néron, bien que monorchide, était un chien heureux comme l'avaient été, peut-être, il y a douze mille ans ces toutous dont les squelettes ont été retrouvés près de ceux de leurs maîtres dans le site de Mallaha, près de la vallée du Jourdain, par deux spécialistes des recherches préhistoriques de Jérusalem.

VIII

Au lendemain de cette décevante consultation qui renforça singulièrement l'amitié
que je portais déjà à Néron, nous prîmes
ensemble, à bord de la vieille Rover « onc
hundred », la route des dilettantes. Par
Romorantin, Châteauroux, Aubusson, Aurillac, Rodez, Albi et Perpignan, elle conduit, aussi bien que d'autres itinéraires
plus rectilignes où que les monotones
autoroutes, jusqu'aux plages de la Costa
Brava.

Les nationales à l'ancienne mode, les
départementales cabossées et même les
chemins vicinaux festonnés d'empreintes
de tracteurs et maculés de bouses de
vaches me paraissent plus accueillants aux
roues de l'anglaise qui me transporte
depuis vingt ans que les pistes à péage où
notre nonchalance offusque les bolides.

Salon roulant tout cuir et acajou, tiré par seize chevaux plus percherons que pursang, cette automobile s'accommode sans effort des limitations de vitesse, toute précipitation étant incompatible avec sa dignité de vieille lady.

J'imagine qu'elle se prend en effet pour une limousine de noble tradition, égarée au milieu des voitures de série, surtout depuis que les Rolls Royce, jadis princesses de la route, se sont vendues pour des pétro-dollars aux émirs polygames, livrées aux mains nerveuses des chanteurs pop, ou rendues complices des promoteurs immobiliers à la recherche d'un standing. Seule parmi les routières anglaises trouverait peut-être grâce à ses yeux une certaine Daimler joufflue appartenant à l'un de mes amis anglophile notoire.

J'ai tout de suite apprécié le comportement du boxer en tant que passager. Néron n'est pas un de ces chiens doués d'un sens exacerbé de la propriété qui aboient et font les grandes dents aux passants et aux autres automobilistes. Ce n'est pas non plus un de ces agités qui vont, viennent, escaladent les banquettes, ne peuvent se décider entre l'avant et l'arrière, passent la tête dans le volant ou font des mamours à leur maître en plein virage. Néron n'appartient pas non plus, Dieu merci, à la catégorie exécrable des cabots qui bombent le torse, le museau contre le pare-brise, les pattes antérieures reposant sur le rembourrage du tableau de bord, dans l'attitude arrogante de Septime Sévère drivant son quadrige lors de la fameuse course de Netherby (Yorkshire) en 210.

Même si sa taille ne rendait pas la posture impossible, Néron ne serait pas davantage un de ces toutous fétiches qui s'accroupissent contre la lunette arrière, figés comme des chiens de gisants ou hochant la tête à la manière des mini-dogues en carton bouilli que l'on peut acheter dans les bazars des pompistes.

Néron, j'eus plaisir à le constater, s'installa aussitôt à ma droite. Dignement assis, attentif au maintien de son équilibre sur le cuir patiné du siège et au déroulement du paysage, il se révéla passager de bonne compagnie.

La seule manifestation à laquelle se livra le boxer, dès le démarrage, fut une brève tentative d'appropriation de la boule de bois armoriée qui termine si heureusement le levier de vitesse. Il avait sans doute pris cet élément, à la fois indispensable et décoratif, pour une « baballe » empalée sur une tige. Revenu de sa méprise, il déglutit sa salive, ce qui est sa manière à lui d'avaler une déception, et me jeta un regard de biais signifiant qu'il renonçait à se saisir de mon jouet.

J'étais, ce matin-là, d'humeur joyeuse. D'abord, parce que j'imaginais que tout voyage en compagnie d'un chien est une aventure où l'on garde la faculté de décision sans connaître l'angoisse de la solitude, ensuite, parce que le dernier courrier m'avait apporté une lettre de mon vieux maître Vitalis Vallabrègues, membre de l'Institut et égyptologue éminent, me conviant à un séjour à Séverac-le-Château, où il vit au milieu de ses collections d'antiquités. *J'ai besoin de vos lumières pour déchiffrer une épitaphe qui me résiste*, écrivait-il. *Nos foies gras sont parfaits cette année et j'ai en cave un cahors superbe.* Mais ce qui me réjouissait le plus, peut-être, tenait dans le post-scriptum. *Clara, rentrée définitivement des États-Unis, se fait une joie de revoir son professeur d'épigraphie.*

Il s'agissait bien sûr de la fille de M. Vallabrègues, que j'avais connue cinq années plus tôt à l'institut d'archéologie. Je gardais de Clara le souvenir d'une rousse studieuse qui, phénomène aujourd'hui introuvable, avait franchi à l'âge de quinze ans le cap du baccalauréat. Ses yeux verts

et ses anglaises soyeuses m'avaient autrefois donné des distractions, tandis que je
m'efforçais d'initier aux plaisirs discrets de
la papyrologie une vingtaine d'étudiants.
Plusieurs de ces jeunes gens rêvaient d'en-
traîner la belle Clara sur un chantier de
fouilles dans l'espoir de pouvoir se livrer à
une étude stratigraphique des taches de
son qui couvraient ses pommettes, ses bras
dorés et son fastueux décolleté. L'amitié
qui me portait son père et ma fonction me
donnaient avantage sur les soupirants,
plus ou moins discrets, qu'elle savait
éconduire d'une boutade. Son accent avey-
ronnais dilué par les années parisiennes
mettait dans ses phrases des sonorités
guillerettes. Quand elle traduisait Statyl-
lius Flacens, j'entendais tinter des clochet-
tes. Nous avions pris quelquefois le thé en
tête à tête, boulevard Saint-Michel. Hors
de l'amphithéâtre, elle s'abandonnait à son
exubérance naturelle et moquait gentiment les manies de son père qu'elle ado-
rait et les trouvailles culinaires de sa mère,
dont elle évaluait prosaïquement la teneur
en calories.

A dix-huit ans, elle s'était envolée pour
une université américaine, afin de parfaire
ses connaissances en paléographie après
m'avoir plaqué sur la joue un gros baiser

amical. Chaque année, au Jour de l'An, elle m'adressait des vœux conventionnels sur des cartes postales représentant Osiris ou Néfertiti, ce qui délimitait sans équivoque l'intérêt qu'elle me portait. Embarqué dans ma rêverie, j'aurais, sans l'intervention de Néron, filé sur Blois au lieu de traverser la Loire à Beaugency pour prendre la route de Romorantin. L'agitation du boxer n'était pas due cependant à la consultation d'un panneau indicateur, mais simplement au désir qui lui était venu soudain de lever la patte dans la forêt. Un restaurant rural apparut à point nommé. Il offrait un parc de stationnement ombragé et une terrasse tranquille. Nous allâmes nous dégourdir les jambes sous les frondaisons, avant de choisir une table.

Ayant pris commande d'un menu touristique, la patronne désigna Néron de son crayon mâchonné.

« Et qu'est-ce qu'il mange votre chien ?

— De la viande avec du riz et un peu de légumes, si vous avez.

— Comme Friquette, ma chienne... Il va se régaler... Vous avez une écuelle ? »

Je dus confesser que j'avais oublié le couvert du boxer.

« Il vous faut en acheter une, hein ! parce qu'un chien en auto, par ces chaleurs, il faut qu'il boive, sinon il vous fera de l'urémie. »

Aimable province où l'on sait s'occuper des chiens de passage comme des voyageurs. Si le poulet basquaise se révéla un peu salé, l'addition ne le fut pas et, sitôt le café bu, nous reprîmes la route.

« Si tout va bien, nous dormirons à Guéret », dis-je à Néron, qui aurait volontiers opté pour une sieste.

Nous ne devions pas, ce soir-là, atteindre la capitale de la haute Marche, Néron en ayant décidé autrement.

Comme je m'étais arrêté dans une station-service pour faire le plein, le boxer descendit de la voiture sans que je m'en sois aperçu. Les gros chiens ont ainsi la faculté de se déplacer furtivement sans attirer l'attention. Quand je reconnus ses aboiements de contralto mêlés aux japements frénétiques d'un basset, il était déjà trop tard. La querelle paraissait engagée entre Néron et un teckel, passager d'une décapotable. Le basset, que le boxer houspillait comme un propriétaire tombant inopinément sur un locataire redevable de plusieurs termes, se trouvait heureusement sous la protection de ses maîtres, deux messieurs trop blonds pour être suédois.

« Ne crains rien, disait d'une voix mélodieuse et irritée celui qui tenait dans ses bras le teckel au bord de la crise de nerfs, ne crains rien, ce vilain gros chien n'osera pas approcher... hou !... hou !... hou !... » ajouta-t-il à l'adresse de Néron.

Le pronostic de l'automobiliste se révéla aussi erroné qu'une prévision météorologique. Néron continua d'avancer sans hâte et sans crainte. Dans la décapotable, l'inquiétude tournait à l'affolement, et le pompiste, oubliant les devoirs de sa charge, restait le pistolet à essence en l'air comme un cow-boy à court de munitions.

« Vite, Ghislain, dit le maître du teckel à son compagnon..., allons-nous-en, il va nous sauter dessus..., cette brute ! »

Je parvins à saisir le collier de Néron au moment où, dressé, le boxer, posant deux pattes sur la portière, s'apprêtait à bondir sur le trio tassé contre le volant.

« Allons, reste tranquille, est-ce une façon de se comporter avec un plus petit que soi ?...

— Que votre chien est mal élevé..., fit l'homme au basset, à demi rassuré.

— Des fauves comme ça, renchérit l'autre, devraient être enfermés dans des cages... »

J'allais présenter des excuses sans relever l'évocation zoologique assez désagréable pour Néron, quand le pompiste s'approcha à grands pas.

« Dites donc, c'est votre saucisson à pattes qui a commencé..., le gros chien ne disait rien... Il pissait tranquillement contre le gonfleur quand le vôtre s'est mis à l'engueuler... J'y aurais volontiers balancé un seau d'eau pour le calmer...

— Ça alors ! firent en chœur les deux messieurs suffoqués, on aurait bien voulu voir ça ! »

Néron, conscient d'avoir reçu du renfort, donnait de la voix et tirait comme un beau diable, devinant qu'il allait avoir le dernier... aboiement.

« J'écrirai à un ami que nous avons chez Esso, menaça le conducteur, pour lui dire comment on est reçu chez vous ! »

Atteint dans sa dignité professionnelle, l'homme à la salopette s'apprêtait à répliquer, sans doute vertement, quand l'automobile démarra. Elle quitta si rapidement la piste de la station qu'un camion roulant sur la nationale dut faire un écart pour éviter une collision. Le vent emporta un chapelet d'injures routières.

Le pompiste, hilare, passa une main tachée de cambouis sur la tête de Néron qui accepta la caresse avec un plissement d'yeux démagogique.

« J'aime pas les chiens mal embouchés... Je vous fais le plein ? »

Je donnai avec mauvaise conscience un gros pourboire au vaillant pompiste qui avait permis à Néron, par humain inter-posé, une si complète victoire sur un bas-set vindicatif.

Une fois sur la route, hors de portée des oreilles indiscrètes, j'adressai au boxer une vraie mercuriale.

« Tu peux être fier de toi ! C'est à la portée de n'importe quel bâtard de fournir à ce pompiste à gros bras l'occasion de terroriser des jeunes gens craintifs ! Quelle gloire tirer d'une pareille alliance !

« Voyons, tu n'es pas aussi raisonnable que je le croyais. Je t'emmène en voyage, je t'offre un déjeuner gastronomique, je te traite comme un égal, en tout cas avec beaucoup plus d'attention et de préve-nance que les demoiselles où les amis qui ont partagé jusque-là mes week-ends et mes vacances, et tu te conduis comme ces hâbleurs, toujours prêts à déclencher une bagarre pour mettre en valeur leurs biceps et faire étalage de leur vocabu-laire de barrière. Les bassets hargneux, les roquets pavillonnaires, les bichons de cocottes, les sous-chiens de manchons, les ratiers de concierge, on ne leur réplique pas. Et d'abord, on n'aboie pas avec les chiens qui ne vous ont pas été présentés... »

D'un bâillement démesuré, avec en point d'orgue une sorte de couinement guttural, Néron interrompit mon discours moralisateur. Je guettais le signe d'une vague contrition, je reçus la preuve de l'insolence. « Cause toujours, mon bonhomme », semblait-il dire en fixant un insecte écrasé sur le pare-brise. Pour marquer ma désapprobation, je branchai la radio. Bison-Futé annonçait des bouchons allant de pair avec des embouteillages sur les itinéraires où un instinct grégaire exacerbé pousse les Français à différentes périodes de l'année. Un chanteur, dont les musiquettes crissantes et les couplets bravaches pour révolutionnaires de drugstores se vendent comme des pots de yogourt, prit le relais. J'aurais pu, en tournant le bouton, renvoyer Bison-Futé à ses autoroutes engorgées et le saltimbanque à son vide métaphysique, mais je tenais à meubler le silence. C'est alors que la bonne nature du boxer reprit le dessus. Souhaitant abréger l'épreuve que je m'imposais par esprit de rancune, il reconnut ses torts, demanda son pardon en posant sa patte sur ma cuisse et en tournant vers moi sa bonne tête inclinée, avec un regard humide auquel un Mexicain mangeur de chien n'aurait pu résister.

Comme l'heure avançait et que nous approchions d'un bourg, je décidai de m'y arrêter pour faire l'emplette d'une écuelle et permettre à Néron de vider sa vessie.

Une placette ombragée autour de laquelle on comptait une demi-douzaine de boutiques dont celle d'un « quincaillier » me parut accueillante. Néron tenu en laisse, car les toutous villageois folâtraient sous les arbres et autour des lampadaires, j'entrai chez un commerçant qui, après m'avoir proposé une auge à cochon, un bol de faïence et un plat émaillé, finit par dénicher une véritable écuelle pour chien, commandée autrefois par un « estivant » et jamais réclamée.

« Par chez nous, les chiens y mangent dans une vieille casserole, vous comprenez. Ces ustensiles pour chiens des villes on n'en a pas la vente et je croyais bien que celui-là me resterait sur les bras... Vous tombez bien ! »

J'eus l'impression qu'un compotier en porcelaine de Limoges n'aurait pas été plus cher. Le quincaillier pratiquait sans doute le calcul des intérêts composés.

Conducteur peu soucieux de moyenne et bien que l'heure du thé soit passée, j'entraînai Néron vers une terrasse de café afin qu'il puisse inaugurer son écuelle en se désaltérant, tandis que je siroterais un citron pressé. Échaudé par son algarade avec le teckel, mon compagnon s'assit sagement sans même honorer d'un regard un gentil toutou noir et blanc, à la queue en trompette, couché au pied d'un consommateur. Ce dernier, un vieillard propret, dont le veston d'alpaga, de coupe démodée mais citadine, était orné, au revers, du ruban violet des palmes académiques, me salua courtoisement.

« Vous avez un bien beau chien, monsieur. C'est un boxer, n'est-ce pas ? Race calme et docile.

— C'est un brave chien, en effet, monsieur, mais le vôtre a une belle robe et un air doux.

— Oh ! c'est un corniaud, mais intelligent et affectueux. On me l'a donné comme descendante — car c'est une chienne — d'un loulou de Poméranie et d'un braque. Ma femme l'a baptisée Follette. En fin d'après-midi, sa promenade me fournit prétexte à pastis, comme vous voyez. »

Ne voulant pas être en reste d'affabilité, je présentai Néron.

« Mais pourquoi le tenez-vous en laisse. Laissez-le donc jouer un peu. Ses muscles doivent être ankylosés par le voyage en auto.

— Je crains qu'il ne se conduise pas bien.

— Allons, allons, Follette est joueuse et n'aime que les gros chiens, libérez-le donc un moment. »

Néron me paraissait dans de si bonnes dispositions que je fis jouer le mousqueton de la laisse. Il ne broncha pas, faisant preuve d'une indifférence quasi désobligeante aux exhortations du vieux monsieur. Follette parut au contraire s'intéresser au boxer. Elle se mit sur ses pattes, s'étira avec volupté, s'assura d'un coup d'œil que le panache blanc de sa queue s'arrondissait convenablement au-dessus des reins et s'approcha de Néron jusqu'à lui renifler les babines. Oreilles dressées, le boxer leva vers moi un regard interrogateur.

« Sois gentil avec la demoiselle, Néron. »

Quand je vis frétiller le moignon caudal

de mon chien, appendice ridicule par rapport à l'imposante aigrette de la chienne à poils longs, je compris que nous n'avions pas à craindre de dispute. Follette fit mine de s'éloigner vers le kiosque à musique qui occupait le centre de la place. Néron la suivit. Elle prit le trot, invitant ainsi le boxer à la promenade. Il ne se fit pas prier, la rejoignit et apprécia du plus près qu'il put le panache provoquant de la chienne. A la manière dont il remuait gauchement l'arrière-train, je sus que Follette ne lui déplaisait pas. Le couple se mit à gambader. Elle, gracieuse, prompte à l'entrechat, lui un peu encombré de sa masse, griffant la poussière, jouant de la patte comme un pugiliste qui mimerait la caresse.

« Eh bien, vous voyez comme ils s'entendent. Nous devons permettre à nos chiens les rencontres de ce genre. Ils ont des choses à se dire. Et ce n'est pas parce que nous ne comprenons pas leur langage qu'il faut les priver de conversations. Songez, monsieur, que la domestication du chien remonte à des millénaires et que leur culture est peut-être, quoique différente, aussi riche que la nôtre. »

Le charmant vieillard me proposa une consommation que je n'osai pas refuser.

J'appris que mon interlocuteur était professeur en retraite, que sa femme souffrait de rhumatismes et que ses géraniums passaient pour les plus beaux de l'arrondissement.

Pendant que nous échangions des propos sur la vie rurale, la crise pétrolière, les migrations vacancières ou la gastronomie régionale, nos chiens tournaient autour du kiosque comme les coureurs des Six Jours. Néron tirait la langue dans le sillage de Follette qui s'amusait parfois à passer sous un banc que le boxer trop volumineux devait contourner. Chaque fois que les animaux disparaissaient, je ressentais une vague crainte, me demandant ce qui pouvait se passer du côté de la face cachée du kiosque. Mais ils réapparaissaient sans interrompre leur récréation, comme les enfants se montrent de temps en temps à leurs parents pour ne pas susciter d'inquiétude.

Vint un moment cependant où ils ne réapparurent pas.

« Où sont-ils passés ? dis-je.

— Ne vous faites donc pas de souci, cher monsieur, Follette ne quitte jamais la place. Ils se reposent à l'ombre ou boivent à la fontaine que vous ne pouvez voir d'ici. »

Cinq minutes plus tard, l'absence de nos chiens se prolongeant, je fis mine de me lever.

« Laissez donc, cher monsieur, fit le retraité, je vais siffler Follette si vous y tenez. »

Il sortit de son gousset un petit sifflet de métal dont il tira, avec l'application d'un chef de gare, deux notes stridentes qui firent s'envoler les pigeons et apparaître le garçon. Les chiens, en revanche, demeurèrent invisibles.

« Tiens, fit le vieillard étonné, Follette est sans doute trop occupée à jouer pour prêter attention aux appels de son maître... Cependant..., d'habitude ! »

Je quittai aussitôt mon siège et me dirigeai vers le kiosque que je contournai rapidement. Je n'eus pas à chercher longtemps les disparus. Passant des cabrioles enfantines à des jeux moins innocents, Néron et Follette s'étaient impudiquement accouplés dans l'embrasure d'une porte ouverte dans le soubassement du bâtiment.

J'avais déjà vu des chiens dans cette position, mais c'était la première fois que je devais m'y intéresser étant, si j'ose dire, partie prenante.

Un maître à la page doit savoir quelle est

la conduite à tenir en pareille occasion. Pour ma part, je l'ignorais encore et la vue de ce spectacle me causa un vague malaise. Tout était consommé. La frénésie retombée, Néron aurait sans doute souhaité se séparer de sa campagne et me suivre, mais la nature canine et des dispositions anatomiques particulières font qu'un chien ne peut se libérer de l'étreinte amoureuse qu'après un certain laps de temps. Néron, la bave aux babines, l'œil mélancolique, me parut humilié d'être vu en pareille posture. D'autant plus sans doute qu'une petite fille qui suçait un cornet de glace s'était plantée là, intriguée par un mystère dont elle soupçonnait peut-être l'indécence.

J'optai pour la lâcheté et, abandonnant le couple à sa situation, je retournai au café.

« C'est du propre, dis-je avec un peu d'humeur au retraité. Vous savez ce qui se passe derrière le kiosque ? Eh bien, ils se sont... Enfin... les voilà mariés... en public !

— Non ! Ça alors ! ma pauvre Follette avec ce grand chien... C'est incroyable !

— Comment « ma pauvre Follette » ? C'est une petite dévergondée, votre chienne, monsieur, et à faire des agaceries aux mâles de passage, voilà ce que l'on obtient. »

Je crus voir un éclair malicieux dans l'œil de l'officier d'académie.

« Que pouvons-nous faire ? dis-je.

— Rien, cher monsieur, attendre... Généralement ça prend une demi-heure. »

Estimant qu'il était courtois de proposer une consommation à mon compère, j'appelai le garçon.

En versant l'eau dans son troisième pastis avec un sang-froid que je trouvai admirable, étant donné les circonstances, le professeur me dit :

« Si vous voulez me laisser votre carte, monsieur, je vous tiendrai au courant des suites... Vous aurez droit au plus beau chiot ! »

IX

LE soleil déclinait quand nous pûmes reprendre la route, abandonnant Follette et son maître à leur destin villageois. Néron, faraud, mais fatigué par les exercices de l'après-midi, sauta résolument sur la banquette arrière où il ne tarda pas à s'endormir comme le marin ivre retrouvant son hamac après une bordée. Il me fallait, avant la nuit, trouver un gîte et je croyais la chose facile. Je fus vite détrompé. Si l'on peut amener à peu près n'importe qui ou n'importe quoi dans une chambre d'hôtel, l'épouse adultère de son meilleur ami, une bonne sœur, un garçon livreur, un pain de plastic, du hachisch ou une poupée gonflable, il est beaucoup plus difficile de s'y faire admettre avec un chien.

J'essayai, au hasard des petites villes traversées, l'hôtel du Cheval-Noir, l'auberge de la Reine, le relais du Roy, l'hôtel de l'Aigle-Blanc, un deux étoiles minable à Bourganeuf, un palace thermal à Évaux-les-Bains : partout on me signifia que les animaux étaient indésirables. Ici, on voulait que Néron couchât dans la voiture ; là, on me proposait de lui faire passer la nuit à l'attache dans un garage qui « sentait la pomme et le tracteur » ; ailleurs, on le tolérait dans l'arrière-cour « à condition qu'il n'aboie pas ». « Un chien dans mes chambres, ce n'est pas sain », fit observer un hôtelier qui avait les mains sales et un col douteux. « Un chien, ça met des poils partout », clama une hôtelière dont le menton s'ornait d'une barbichette Napoléon III.

« Ah ! si c'était un chat, ce ne serait pas la même chose, admit une autre qui proposait au menu de son établissement civet de lièvre et lapin chasseur. »

Cette discrimination raciale me rappela l'histoire de ce professeur nommé à Oxford qui, débarquant avec son chat, se vit refuser un logement au collège, sous le prétexte qu'on n'y admettait traditionnellement que les chiens. Le conseil des doyens, réuni pour débattre du cas, décida, pour tourner à l'anglaise et fort hypocritement le règlement intérieur, de faire

« chien d'honneur » un matou des plus ordinaires.

« Et si nous décidions que Néron est un « chat d'honneur », madame », proposai-je à l'hôtelière.

La dame me considéra avec stupéfaction, recula d'un pas derrière la banque de la réception et pressa une sonnette.

« Viens vite, Marcel, j'ai un drôle de type en bas... »

Néron et moi, nous fîmes demi-tour avant que le patron se soit manifesté. Comme nous démarrions, il apparut sur les marches du perron un hachoir à la main et une lueur mauvaise dans le regard.

La nuit tombait quand j'obtins enfin dans un village une précieuse indication d'un boulanger occupé à baisser son rideau de fer.

« Essayez donc Le Prieuré, première route à droite, la patronne est accueillante et vous ne vous ennuierez pas. »

L'homme avait ponctué son information d'un clin d'œil grivois.

« Si Le Prieuré ne veut pas de toi, tu coucheras dans l'auto ». En disant cela, j'évitais de regarder le boxer qui, depuis un moment, faisait la moue.

Au Prieuré, une grande gentilhommière

cachée dans une clairière, nous fûmes plus qu'aimablement reçus par une opulente blonde, maquillée comme pour entrer en scène, vêtue d'une robe de mousseline, dont la transparence révélait qu'on avait affaire à une femme libérée de la contrainte du soutien-gorge.

« Vous êtes deux ? minauda-t-elle.

— Oui, mon chien et moi...

— Je veux dire... pas de dame ?

— Non, pas de dame, un chien seulement.

— Oh ! qu'il est beau, comme il doit être fort. »

La dame jaillit de son comptoir dans un froufrou parfumé et vint s'accroupir devant Néron qu'elle chatouilla derrière les oreilles d'une main câline à l'extrême.

Le boxer renifla les effluves du « 5 » de Chanel avec un petit air dégoûté, mais, sitôt libéré de l'étreinte de la réceptionniste, il fila vers les cuisines d'où émanaient sans doute des parfums autrement évocateurs.

« Je vais vous donner une belle chambre dans l'annexe, vous y serez tranquille avec votre toutou. C'est un rez-de-chaussée, il pourra donc sortir dans le parc sans déranger personne. Je vous demande seulement de ne pas le baigner dans les sanitaires de l'hôtel et de lui essuyer les pattes s'il rentre crotté de la promenade... car, chez nous, il y a de la moquette partout...

— Ne craignez rien, Madame. Pouvons-nous encore dîner ?

— Bien sûr, je vous installe et je vous indique la salle à manger... où vous pouvez amener votre chien... Ensuite, vous irez le border et faire un tour dans notre discothèque au sous-sol. L'ambiance y est agréable. » Elle souligna son invitation d'un sourire si engageant qu'il me rappela, je ne sais pourquoi ni comment, les gracieusetés de cette Follette que Néron avait déjà oubliée.

La salle à manger meublée en rustique industriel, décorée de trophées et de massacres alternant avec des bassinoires de cuivre — double symbole, pensai-je, des amours illégitimes et des lits réchauffés — ne contenait que trois couples chuchotant. Les hommes semblaient avoir de telles prévenances pour leurs compagnes que j'eus peine à imaginer que ces gens fussent mariés.

La serveuse avait une façon de se pencher sur mon assiette, d'onduler en emportant le potage et de susurrer : « Quel est le numéro de votre chambre ? » en ajoutant avec une œillade : « C'est pour l'addition », que je me demandai quel genre de matines on célébrait dans ce prieuré. Après le repas, Néron et moi nous fîmes une promenade sous les étoiles, évitant les abords de la discothèque souterraine où les couples entrevus au restaurant se croyaient sans doute obligés de faire une apparition.

« Tu vois, dis-je à Néron, en étalant son plaid dans la salle de bain, que ton maître sait, lui, résister mieux que toi aux provocations féminines ! »

Avant de m'endormir, je pensai à Irma que j'avais aimée autrefois d'une façon si platonique et romanesque avant qu'Henry ne vienne l'enlever, me dépouillant d'un amour dont j'ignorerais toujours s'il aurait pu être partagé. Puis, j'évoquai la belle Clara que j'allais revoir le lendemain, sans doute bien différente de la jeune fille que j'avais connue.

Dans la béatitude de l'endormissement, les images de ces deux femmes se superposèrent pour former un être curieux et suprêmement désirable. Je mis ce phantasme au compte partagé du pomerol et de la fatigue.

Dès huit heures, nous levions le camp, après un petit déjeuner à l'anglaise servi cette fois par un robuste valet aux mains velues. Tout dormait encore au Prieuré, les clients comme la domesticité féminine. J'imaginais derrière les persiennes closes des couples enroulés dans des draps chiffonnés et la réceptionniste étreignant son oreiller à plein bras en rêvant peut-être d'un client qui se présenterait sans compagne... et sans chien !

Je fis galoper Néron à travers le parc. Il salua l'un après l'autre tous les arbres et au moment de remonter en voiture, honora d'une ultime dédicace la jante chromée d'une Maserati belge.

Le voyage se poursuivit sans incident jusqu'à Aurillac et j'envisageais d'arriver pour le thé chez les Vallabrègues quand un barrage de police nous obligea à un arrêt imprévu.

« Peut-être ai-je dépassé le quatre-vingt-dix à l'heure réglementaire, me dis-je, ou doublé un camion irrégulièrement », tant il est vrai que le képi et l'électronique espionne culpabilisent l'automobiliste.

Un brigadier ventripotent et décoré, suivi d'un gendarme morose et fluet, s'approcha et salua militairement.

« Bonjour, monsieur, fit-il d'une voix rocailleuse, comme ça vous allez en vacances avec votre chien !

— Eh oui, dis-je aimable à l'excès... Ai-je commis une infraction au code de la route ?

— C'est bien possible, hein ! avec une pareille auto..., mais nous n'en savons rien nous autres, on nous a pas encore donné de radar à la brigade. C'est un contrôle de routine... Vous pouvez me montrer les papiers du véhicule : carte grise, vignette, assurance et votre permis s'il vous plaît ? »

Rassuré quant à mon innocence, reconnue au bénéfice du doute, je fouillai dans mon porte-feuille.

Néron, qui n'est pas un de ces chiens anarchistes, toujours prêts à s'exciter à la vue d'un uniforme, semblait se désintéresser de l'intervention de la maréchaussée. Le brigadier en fut un peu vexé.

« C'est un danois, hein ! votre chien, un colosse ? »

Le gendarme fluet s'avança d'un pas.

« Je crois, brigadier que ce chien est de race boxer », dit-il d'une voix distinguée et dénuée d'accent.

Le gradé qui se penchait pour recevoir mes papiers se redressa sourcils froncés.

« Lisez-moi donc le numéro minéralogique du véhicule, gendarme, que je voie s'il correspond à celui de la carte grise. »

Le jeune gendarme prit position face à la calandre en me souriant, tandis que je passais les documents à son chef.

C'est à cet instant que Néron, dont la passivité ne laissait supposer aucune intention mauvaise, décida de se mêler à l'entretien. Engageant à demi son corps entre le volant et ma poitrine, il happa, dans un claquement sec des mâchoires, les papiers que le gendarme venait de saisir. Le mouvement s'était déroulé à la vitesse de l'éclair et le visage du bridadier passa du vermillon au rouge brique.

« Mais dites donc, il est fou votre chien ? Il a failli m'arracher la main !

— Vous n'êtes pas blessé au moins ? »

Il considéra le bout de ses doigts aux ongles carrés et recula de trois pas.

« Non, mais il s'en est fallu de peu... Descendez et donnez-moi les papiers. »

Les papiers, Néron les tenait toujours dans sa gueule en roulant des yeux injectés de sang.

« Allons, donne. Monsieur le brigadier ne fait que son devoir. »

Sans trop de réticence, le boxer lâcha prise. Je récupérai la carte grise, le certificat d'assurance et mon permis de conduire, mais le volet de la vignette, qui « est à conserver avec les papiers du véhicule et à présenter à toute réquisition », resta collé à sa lèvre inférieure.

« Donne, Néron, nous faisons perdre son temps au brigadier.

— Ah ! on peut dire qu'il vous obéit votre chien, une vraie caboche, hein ! »

Néron fixait l'homme au képi et, pour montrer le mépris inexplicable qu'il lui inspirait soudainement, passa sa large langue sur ses babines. La vignette disparut, avalée comme une lettre par une boîte des P.T.T.

« ...

— Alors, cette vignette, vous l'avez ou pas ? fit impatiemment le brigadier.

— Mais vous avez vu, je l'avais !

— Et où est-elle, hein ?

— Dans le chien, brigadier. Il l'a avalée, vous avez vu vous-même et... votre collègue aussi, sans doute.

— J'ai rien vu et le gendarme non plus. Tout me paraît en règle, manque juste le volet de la vignette... Faudrait le présenter.

— Mais j'ai l'autre volet collé là sur le pare-brise !

— C'est pas suffisant. On connaît le truc nous autres. On chipe une autocollante sur un autre véhicule et on croit que ça suffit...

Ce serait trop facile... Il faut présenter les deux volets.

— Mais mon chien l'a avalé vous dis-je !

— Ça, je veux pas le savoir. Si vous ne présentez pas le volet de la vignette, je dois constater que vous en êtes démuni et dresser procès-verbal de l'infraction.

— Que puis-je faire », dis-je, devinant que je ne franchirais pas aisément le mur de l'incompréhension policière.

Le jeune gendarme intervint courageusement.

« Vous pourriez administrer un vomitif à votre chien !

— On pourrait aussi attendre jusqu'à demain qu'il fasse ses petits besoins, hein ! ricana le brigadier.

— Pourquoi pas lui faire ouvrir l'estomac par un vétérinaire pendant que vous y êtes... Dressez-le, votre procès-verbal..., je paierai. »

Le gradé parut se radoucir et se tourna vers son subordonné.

« Vous y croyez, vous, gendarme, à cette histoire que le chien il a avalé la vignette ?

— *Credo quia absurdum*, répliqua le fluet.

— Ah ! recommencez pas à faire le

mariole, à vous rendre intéressant en parlant dans une langue étrangère devant les contrevenants. Il faut qu'ils comprennent tout ce qu'on dit..., sinon après ils vont se plaindre aux Droits de l'homme !

— Mais j'ai compris, brigadier : « Il y croit parce que c'est absurde » ; le gendarme parle latin. »

Le brigadier repoussa le képi sur sa nuque.

« Eh oui, voilà maintenant qu'avec tout ce chômage chez les intellectuels on voit arriver dans les brigades des gendarmes qui parlent latin et dans les paroisses des curés qui parlent argot... Comment voulez-vous que le monde fonctionne !

— On pourrait poser le cas de ce monsieur à l'adjudant, proposa le jeune gendarme.

— C'est une idée, essayez de voir si la radio marche et dites au chef qu'on tient un danois qui a mangé la vignette de son maître. »

Déjà une longue file d'automobiles et de camions s'étirait derrière la Rover. On entendait des coups d'avertisseurs tout à fait incongrus dans ce paysage bucolique qui n'avait jamais vu d'embouteillage.

« Rangez-vous à droite, ordonna le brigadier, que vous allez me foutre un bouchon jusqu'à Saint-Romain-les-Cassettes ! »

Le gendarme lettré, qui avait disparu dans un fourgon bleu hérissé d'antennes, revint au bout de dix minutes.

« Rendez compte succinctement, gendarme », fit le brigadier.

Je n'entendis pas ce que le fluet glissa à l'oreille de son supérieur, mais celui-ci m'en donna une version sans doute expurgée.

« Le chef a dit comme ça, qu'il laisse les suites à donner à mon initiative.

— Eh bien, que décidez-vous, brigadier ?

— Que vous devez au moins reconnaître que vous ne pouvez pas présenter votre vignette.

— Je le reconnais bien volontiers.

— *Habemus confitentem reum,* fit le latiniste.

— Bon ! conclut le gradé. Je vais vous laisser filer, mais quand on vous la demandera une autre fois, votre vignette, hein ! comment vous débrouillerez-vous ? Si vous tombez sur une C.R.S..., je vous la souhaite ! »

Je m'en tirai finalement à bon compte quand, jetant un dernier regard sur mon permis de conduire, le brigadier revint à la charge.

« Qu'est-ce que c'est ce métier que vous faites, « épigraphiste-paléographe » ?... Vous cherchez du pétrole ou quoi ?

— Je déchiffre les inscriptions antiques, brigadier, latines, grecques, assyriennes, etc. »

Le jeune gendarme ne put se retenir de se mêler à la conversation.

« Ah ! monsieur, les épigrammes amoureuses de Paul le Silentiaire, quel régal ! Et les épigraphes de Flaccus Stylius..., quelle sensibilité !... Si j'avais pu terminer mes études, c'est votre profession que j'aurais choisie...

— Bon, allez, circulez, on vous a assez vu avec votre chien à vignette », interrompit le brigadier.

Je mis le contact. En me saluant d'un geste fort civil donnant l'impression qu'il était coiffé d'un feutre taupé plutôt que d'un képi, le jeune gendarme se retint de citer la dernière phrase d'Auguste[1].

1. *Acta est fabula.* (La pièce ou la farce est jouée.)

X

La maison des Vallabrègues a cette car-
rure inébranlable des vieilles demeures
familiales dont les toits ont cessé de ployer
sous le poids des ans. Avec ces volets épais
alourdis par des couches superposées de
peinture vert bouteille, étalées de génération en génération, et sa frémissante toison
de vigne vierge où dorment les hirondel-
les, elle m'apparut comme un havre hospi-
talier.

Malgré le retard provoqué par la maréchaussée et le caprice de Néron, nous y
arrivâmes au milieu de l'après-midi, alors
que Vitalis Vallabrègues émergeait de sa
sieste. Quand le professeur entrouvit le
portail à l'appel d'une cloche fêlée, Néron
se faufila entre nos jambes et pénétra le
premier dans un jardin où les buissons
d'hortensias disputaient l'espace aux dah-
lias dressés comme des coqs au milieu des
roses.

— Mais... d'où vient ce chien errant... Allez ouste, dehors ! fit mon vieux maître prêt à chasser l'intrus.

— C'est mon chien, professeur. J'aurais peut-être dû vous prévenir que je ne venais pas seul.

— Ah ! c'est à vous ce dogue... Alors, il est le bienvenu. »

Néron, qui savait séduire, vint se frotter aux rotules de l'archéologue qui lui effleura la tête d'une main distraite.

« Nous serons plus à l'aise dans la maison. Elle est fraîche. Ma femme est au village, ma fille lézarde au soleil, au fond du jardin, dans une tenue immodeste, vous les verrez plus tard. »

Retrouver Clara « dans le simple appareil d'une beauté qu'on vient d'arracher au soleil », ne m'eût pas déplu, mais déjà le maître de maison me poussait vers l'ombre du salon. Il y régnait un ordre monacal. Les vieux meubles avaient dû recevoir récemment leur ration de cire hebdomadaire, les coussins ne montraient pas un faux pli, les fauteuils Voltaire apparaissaient coiffés de têtières au crochet et chaque objet, vase, bonbonnière, lampe ou bibelot, reposait sur un napperon de dimension ad hoc.

Néron s'aventura avec circonspection

dans ce sanctuaire bourgeois. Reniflant l'encaustique, évaluant les obstacles, guéridons porteurs de biscuits, garde-feu en tapisserie, chenets de cuivre à tête de sphinx, il avança sur les tapis en levant haut les pattes comme le font par élégance les chevaux de l'école espagnole de Vienne pendant les reprises. Après avoir pivoté une demi-douzaine de fois sur un tabriz qui lui parut assez moelleux, il se laissa choir avec un soupir.

Nanti d'un grand verre de pippermint par mon vieux maître, j'allais bourrer ma pipe quand mon hôte intervint :

« Je ne fume pas ici, dit-il un peu gêné, c'est le salon de ma femme. Elle exècre la fumée. »

Cette mise en garde me confirma que Mme Vallabrègues ne devait pas être une maîtresse de maison de tout repos. Je l'imaginai intransigeante sur le règlement intérieur et attachée à l'immuabilité d'un décor composé avec un réel souci de la symétrie.

Comme j'empochais ma pipe et mon tabac, Vitalis Vallabrègues me fit un clin d'œil.

« Tout à l'heure, nous irons chez moi où nous pourrons fumer à notre aise. » Puis il enchaîna aussitôt sur la publication qu'il préparait afin de faire connaître aux quelques centaines de personnes que cela pouvait intéresser les merveilles d'un temple égyptien longtemps négligé, mais heureusement fouillé par la mission qu'il dirigeait. Car Vitalis Vallabrègues ne vit que très accessoirement au XXᵉ siècle. Son époque est celle de Darius Iᵉʳ qui régnait sur la Perse de la XXVIIᵉ dynastie entre 522 ct 485 avant Jésus-Christ. L'égyptologue a sans doute passé plus de temps dans les oasis oubliées de Dakhla et de Kharga que dans son foyer. Il affirme lui-même mieux connaître le dédale du temple d'Hibis que les dépendances, cependant réduites, de sa propre maison.

Comme je le sentais impatient d'en venir aux questions qui justifiaient son invitation, je vidai rapidement mon verre.

« Si vous êtes assez reposé, remarqua-t-il aussitôt, nous pourrions voir ces textes que je veux soumettre à votre perspicacité. »

Comme nous traversions le jardin pour nous rendre dans le petit bâtiment annexe, un ancien cellier aménagé en bibliothèque, Néron commit sa première bêtise de la journée. Après un démarrage, aussi foudroyant qu'imprévu, qui fit voler le gravier de l'allée, il happa un dahlia pompon rouge vif comme une balle au bond. L'archéologue, qui me précédait, ne s'aperçut de rien et je pus de la pointe du pied expédier hors de vue la fleur mâchonnée.

« Tout ce qui est rouge n'est pas baballe », dis-je doucement au boxer en lui mettant sa laisse.

Dans le capharnaüm où Vitalis Vallabrègues passait le plus clair de son temps au milieu de débris de poteries, de moulages, de statuettes représentant Horus le dieu faucon ou le barbu Séraphis, je fus vite au fait des préoccupations de mon hôte.

« Si je ne publie pas d'ici à la fin de l'année le résultat de mes fouilles de Qebel-el-Teir, je n'obtiendrai pas de subventions pour la prochaine campagne. Or je ne suis pas un de ces égyptologues dont l'épouse amasse des droits d'auteur considérables en écrivant des romans policiers..., il me faut de l'argent pour continuer mon œuvre.

— Qu'est-ce qui vous arrête, maître ?

— La traduction de ces graffiti relevés dans un temple près de la palmeraie d'Hibis, dit-il en me tendant quelques feuillets couverts de hiéroglyphes.

— Ces textes doivent, à mon avis, dater

des derniers Ptolémée ou du début de l'époque romaine.

— Installez-vous et voyez ce que vous pouvez faire. Je vais prévenir Clara de votre arrivée. »

Avant de m'enfermer avec Néron dans son atelier, le savant remit en place le minuscule béret qui dérivait sur les boucles blanches d'une chevelure indisciplinable et, l'œil rieur, me jeta :

— Ici, Félix, vous pouvez fumer, mon pot à tabac est devant vous !

— Eh bien, dis-je à Néron, je sens que nous n'allons pas chômer, vieux frère ! »

Je me mis au travail après avoir allumé ma pipe. La traduction ne présentait pas de grandes difficultés. Il s'agissait d'invocations variées adressées au dieu Khousou, fils d'Amon et de Mout pour le salut des morts, et de décrets signés d'un certain Galba.

Absorbé par mes recherches, je ne m'aperçus pas que Néron, qui jugeait sans doute le parquet disjoint peu confortable, cherchait à se faire un lit. Il finit par jeter son dévolu sur une vieille nappe recouvrant une planche posée sur deux tréteaux et supportant un amas de paperasses. C'est l'effondrement de l'ensemble qui me tira de mon décryptage. Quand le nuage de poussière soulevée par l'avalanche fut dissipé, je pus me rendre compte de l'étendue des dégâts. Un fichier et des classeurs s'étaient ouverts dans leur chute, comme des fruits mûrs. Des milliers de fiches et de feuillets où je reconnaissais l'écriture appliquée de mon maître jonchaient le sol.

Néron, après deux éternuements, s'était assis et m'observait, la tête inclinée, attendant la semonce. Une frange de la nappe engluée de bave lui pensait aux lèvres, ce qui donnait à mon chien un air évident de culpabilité. Si je n'avais été aussi consterné, je l'aurais battu comme plâtre. Mais le mal étant fait il convenait d'essayer de le réparer au plus vite. Je m'agenouillai donc et commençai à réunir les fiches quand, dans mon dos, la porte s'ouvrit. Un rire que je reconnus comme celui de Clara me fit sursauter. Je vis d'abord deux pieds menus chaussés de mules, puis des genoux ronds, des cuisses longues et bronzées, enfin le triangle d'un slip de bain qui devait tenir dans le creux d'une main.

« Papa, vous a chargé du ménage, monsieur ? ou cherchez-vous ici le secret d'Akhenaton ? »

Une fois debout, je découvris toute la

séduisante personne de Clara. Le sourire aux lèvres, elle me tendait une main en s'efforçant, de l'autre, de serrer son peignoir sur une poitrine symboliquement dissimulée par un ruban de tissu.

« Je suis content de vous revoir, dis-je en époussetant mon pantalon. Vous avez une mine superbe..., vous n'avez pas coupé vos cheveux... et vos taches de rousseur ont disparu.

— Elles étaient fausses, confessa-t-elle en riant. Puis elle ajouta :

— Papa m'a dit que vous aviez un chien, où est-il ?

— Il était là il y a un instant. »

J'avais complètement oublié Néron que la porte rabattue dissimulait à nos regards. Sans doute, enchanté d'une diversion qui lui évitait des remontrances, il parut hypocritement timide et las.

La jeune fille s'accroupit, prit la tête du boxer dans ses bras et l'embrassa entre les deux yeux. J'enviai l'animal dont la joue écrasait un sein rebondi.

« Il a l'air gentil !

— Mais il est très maladroit, voyez ce qu'il vient de faire !

— Je vais vous aider, ce n'est rien, papa reclassera tout ça. »

A genoux côte à côte, mes mains frôlant

les siennes, je respirais avec délice le parfum d'une peau tiédie par le soleil et enduite d'huile à la bergamote. Nous rassemblâmes, tant bien que mal, en piles, les documents éparpillés. Dans un mouvement que fit la jeune fille pour atteindre une fiche, son soutien-gorge glissa sans qu'elle y prît garde. Un éclair rose faillit me faire lâcher un paquet de feuillets dactylographiés. Je me relevai la sueur au front.

« Comment l'appelez-vous, votre boxer... Donamontel, peut-être, en souvenir du fils d'Horus à tête de chien ?

— Il se nomme Néron..., mais ce n'est pas moi qui l'ai baptisé. »

Elle me prit le bras.

« Venez boire un verre au jardin, pour vous remettre. »

Sur une petite terrasse ensoleillée, le salon d'été, expliqua Mlle Vallabrègues, une table, des chaises et des fauteuils de rotin étaient disposés.

« Vous permettez que je continue ma bronzette, dit la jeune fille qui laissa tomber son peignoir dévoilant ainsi une vénusté dont je n'avais pas soupçonné autrefois la perfection.

« Vous devriez quitter votre blazer et ôter votre cravate, monsieur le professeur.

Nous ne sommes plus à l'institut d'archéologie. Mettez-vous à l'aise. »

J'obtempérais gauchement quand M. Vallabrègues nous rejoignit.

« Alors, ça avance ce petit travail ?

— Notre invité finira demain, intervint Clara, tu pourrais tout de même lui accorder un peu de détente. Tes épitaphes attendent depuis vingt-deux siècles, elles attendront encore un peu ! »

Un crissement du gravier fit dresser l'oreille à Néron. Mme Vallabrègues, petite boulotte, aux cheveux bleutés, vêtue d'une robe jaune à ramages verts, apparut. Elle n'avait pas l'air particulièrement avenant.

« On m'a cassé un dahlia pompon, dit-elle, avant même de s'apercevoir de ma présence, tu pourrais faire attention, Clara, quand tu transportes ton rocking-chair.

— C'est ma mère, dit Clara avec désinvolture..., et voici M. Félix Mornand, maman, disciple de ton mari et professeur de ta fille... »

Mme Vallabrègues prit le temps d'évaluer ma personne avant de me tendre une main potelée.

« Je suis heureuse de vous connaître enfin. On ne parle que de vous dans cette famille... J'imagine que vous êtes vous aussi un peu parent d'Aménophis III et de

Néfertiti ? Une sorte de Champollion, si j'ai bien compris ! »

Le ton était sec et le regard indifférent.

« Mon Dieu, madame... »

Je resserrai mon nœud de cravate et renfilai mon blazer.

Mon geste rendit plus évidente la nudité de la jeune fille allongée au soleil.

« Est-ce une tenue pour recevoir un invité de ton père, Clara ? Va passer une robe, je te prie.

— Pour dîner seulement... Ets-ce que ma tenue vous choque, monsieur ?

— Nullement..., au contraire..., vous ressemblez à un Botticelli.

— Merci », dit-elle à la manière des dames américaines qui remercient toujours quand on les complimente.

Une brusque détente de Néron, couché à l'ombre de la table, interrompit ce badinage. Avant même que j'aie pu le rattraper, le boxer traversa un buisson de roses sans souci des épines et happa un gros dahlia écarlate.

Je crus que Mme Vallabrègues allait s'évanouir de stupéfaction.

« Mes fleurs ! hurla-t-elle en se précipitant pour recueillir avec un geste pieux la malheureuse victime.

— Rappelez votre chien, je vous en prie, regardez-le, il continue ! »

Mais Néron, qui pensait peut-être que parmi toutes ces fausses balles rouges s'en cachait une vraie qui ne s'écraserait pas sous la dent comme un loukoum, poursuivait au galop l'exploration des massifs, décapitant au passage des croix de Malte, des monardes, des gloxinias, des bégonias et même des roses don Juan et Scarlett, espèces rarissimes à Séverac-le-Château, je le sus plus tard. Je hurlai à mon tour en poursuivant le boxer pris de frénésie destructrice. Mme Vallabrègues trépignait, le professeur agitait son béret à bout de bras pour tenter d'éloigner le fléau des zones encore intactes, Clara, dressée sur sa chaise longue, avait un air consterné.

Quand il n'y eut plus une seule fleur rouge dans le jardin, le chien s'en fut lever la patte contre un arbre au milieu de la pelouse.

Face à la famille Vallabrègues, je me vis dans la situation d'un dompteur dont le fauve vient de dévorer une douzaine d'enfants sous les yeux de leur mère.

« Je suis profondément désolé, madame, croyez-le bien. Je ne sais comment réparer... Jamais Néron ne s'est conduit de cette manière. Je vais le mettre à l'attache et... »

Les aboiements furieux du boxer m'obligèrent à m'interrompre.

« Mon Dieu ! que fait-il encore ? gémit la mère de Clara, il va s'en prendre aux poissons rouges du bassin... maintenant. Attrapez-le..., ne restez pas planté là. »

Je pris le trot pour rejoindre Néron qui, tout en donnant de la voix, roulait à coup de mufle ce que je crus tout d'abord être une pierre.

Mme Vallabrègues identifia tout de suite l'objet. Elle s'arrêta net, statufiée, telle la femme de Loth. Puis elle poussa un cri déchirant en se prenant la tête dans les mains.

« C'est Gertrude... Il est en train de martyriser Gertrude... Faites quelque chose..., vite... Il est enragé..., ce chien ! »

Je compris alors que Néron jonglait avec une tortue comme un rugbyman avec le ballon quand il cherche une ouverture. Un vigoureux coup de laisse sur les reins amena le boxer à mes pieds, plat comme une descente de lit, la langue pendante, haletant et roulant des yeux inquiets.

La première correction que j'administrais à mon chien était certes justifiée par ses sottises, mais il entrait dans ma fureur répressive une part de ressentiment personnel. Bientôt quadragénaire, m'étant résigné après quelques déconvenues sentimentales à ne plus demander aux femmes que « cette aimable coutume de lit » qui suffit à satisfaire certains héros de Giraudoux, je n'étais pas pour autant décidé au célibat définitif. Clara, qui m'avait vaguement plu à dix-huit ans, me plaisait énormément à vingt-cinq. Les méfaits de Néron constituaient d'ores et déjà un sérieux handicap à toute tentative de séduction. Il ne me restait plus qu'à prendre congé de cette famille, qui se souviendrait de mon passage comme de celui d'un typhon.

Tandis que Mme Vallabrègues faisait en gémissant l'inventaire des dégâts et que le professeur arpentait les allées du jardin, car il tenait vraisemblablement à rester en dehors du drame et des conséquences, je revins m'asseoir près de Clara tenant au plus court un Néron courbé par la honte.

« Je suis sincèrement désolé, Clara !

— Personne ne pouvait prévoir ça... Et puis d'autres fleurs viendront qui feront oublier celles-là... Ne faites pas cette tête... On ne va tout de même pas prendre, comme Francis Jammes, le deuil des primevères !

— Mais votre mère est furieuse... et il y a de quoi ! »

Gantée de cuir, un panier au bras qui contenait les odorantes dépouilles sur lesquelles reposait bien vivante, mais traumatisée, la tortue Gertrude, Mme Vallabrègues passa près de nous les yeux embués de larmes, le visage fermé.

« Vous m'obligeriez, madame, en me fournissant la liste des plants endommagés (je faillis dire des victimes) et je me ferai un devoir de vous en faire expédier d'autres... En attendant, je vais poursuivre ma route.

— Ah ! non, ce serait trop bête ! » s'écria Clara.

Sans un mot, Mme Vallabrègues remonta l'allée du pas lent que le chagrin donne aux veuves édifiantes.

« Non, vous restez avec nous, reprit la jeune fille... Papa serait trop déçu de ne pas avoir sa traduction... et j'ai tant de choses à vous dire sur l'enseignement à l'américaine. »

Le sourire qu'elle me décocha prouva qu'elle ne me tenait pas rigueur des incartades de mon chien. Nous nous mîmes à converser comme si rien ne s'était passé jusqu'au moment où le professeur arriva avec l'apéritif. Il ne fit lui-même aucune allusion à l'échauffourée, se montrant comme chaque fois que je l'avais rencontré, discret, gai et distrait.

Mme Vallabrègues daigna nous rejoindre pour boire à petites gorgées un vieux banyuls. Elle jetait de temps à autre à Néron des regards méprisants. Lui dormait, le museau sur ses pattes jointes, comme un qui a la conscience en repos.

« Nous pourrons passer à table quand vous voudrez, lança enfin la maîtresse de maison. J'ai fait préparer pour celui-là — elle désigna le boxer du doigt — une pâtée de riz, viande et carottes, c'est ce que donne ma sœur à son bouvier des Flandres... qui, lui, ne met jamais les pieds ici.

— Vous n'êtes pas rancunière, et j'en suis touché.

— Vous mettrez votre chien à l'attache à cet anneau et il mangera dehors... Vous comprendrez que je ne tiens pas à le voir briser mes bibelots et éventrer mes fauteuils. »

Je m'inclinai et, cinq minutes plus tard, tandis que nous passions à table, Néron, ayant oublié le licol le temps d'avaler son repas, se mit à pousser des hululements sinistres comme si la mort rôdait dans les parages.

« Ferme les fenêtres, Clara, ordonna Mme Vallabrègues, quand il sera assez époumoné, il se taira. »

Il se tut en effet, après le potage.

Je suis certain aujourd'hui encore que le foie gras m'aurait paru meilleur, le vin plus capiteux et Clara plus jolie si j'avais eu mon chien à mes pieds. Mais ce n'était pas au moment où Mme Vallabrègues commençait à se dérider en coupant la tarte aux pommes que j'allais remettre le boxer sur le tapis.

Sur le tapis, d'ailleurs, il y était déjà. Nous le vîmes, Clara et moi, quand nous passâmes au salon pour le café. Néron, qui s'était inexplicablement libéré de sa laisse, avait dû sauter par la fenêtre pour retrouver le tabriz qu'il avait élu dès son arrivée.

« Vite, rattachez-le dehors avant que maman arrive », souffla Clara.

Quand la maîtresse de maison apparut, le salon était net.

« Vous voyez maintenant qu'il est sage votre monstre. Les chiens, il faut leur en imposer, cher monsieur, croyez-moi. »

La question que je redoutais depuis que j'avais accepté de passer la nuit chez les Vallabrègues vint tout naturellement après

120

l'armagnac, quand Clara fut chargée de me montrer ma chambre.

« Mais, votre chien, où dormira-t-il ? fit-elle sans penser à mal.

— Vous n'avez qu'à le mettre dans le bureau de mon mari. Là il ne risquera pas de faire des dégâts », répliqua aussitôt, devançant toute autre suggestion, Mme Vallabrègues.

Clara, qui savait comme moi que « le bureau » avait déjà eu son content de profanation, réprima un éclat de rire.

« Je compte achever cette nuit les traductions qu'attend le professeur, je m'enfermerai avec Néron. Il s'endormira sans histoires et je donnerai un tour de clef quand je rejoindrai ma chambre.

— Très bonne idée, fit Mme Vallabrègues conciliante... D'ailleurs ce local ne contient que de vieux papiers et des plâtres sans valeurs... Que voulez-vous que ce chien en fasse..., il préfère les roses, n'est-ce pas ? »

Au moment où, ayant souhaité le bonsoir à toute la famille, je m'apprêtais à prendre la direction du cellier-bibliothèque, Clara s'enquit de ce que j'aimerais boire en travaillant.

« De l'eau avec un peu de menthe ? suggéra-t-elle.

— Si vous remplaciez la menthe par du bourbon et ajoutiez un peu de glace, votre eau m'irait très bien !

— C'est bon, allez-vous installer, je vous apporterai un plateau. »

Dès que je me retrouvai seul avec Néron, la réconciliation s'imposa.

« Après tout, tu n'as fait que suivre ton instinct de chien, dis-je en le caressant, alors que sa bonne tête reposait sur mon genou. La mère Vallabrègues n'est guère aimable, mais la fille, hein ! tu l'as vue, comme elle est belle et futée et indulgente. Ne crois-tu pas qu'elle nous ferait, à tous deux, une maîtresse acceptable ? »

Je pris pour acquiescement l'agitation de son reste de queue et, quand Clara entrouvrit la porte, le boxer lui fit une telle fête que je le crus capable de répéter les confidences que je venais de faire.

« Voilà de quoi boire, monsieur le professeur, ne vous enivrez pas toutefois et terminez vos travaux avant l'aube. » Puis elle se pencha sur Néron et embrassa son crâne plissé.

« Vous êtes pardonné, vilain chien des villes !

— Le maître n'a pas droit à la moindre consolation ! dis-je, enhardi par la nuit fraîche, l'isolement où nous nous trouvions et le chaperonnage, à mes yeux suffisant, de Néron.

— Oh ! vous n'avez pas fait de bêtises, vous. Vous n'avez donc pas besoin d'être consolé.

— Qu'en savez-vous, Clara... Les grandes douleurs sont muettes et j'ai souffert cet après-midi, croyez-moi.

— Alors voilà pour vous ! »

Je reçus son baiser sur la pommette avec attendrissement. Il me parut plus appuyé que le précédent qui datait de cinq ans. En s'enfuyant, elle me dispensa de tout commentaire.

« Un verre de vieux bourbon, une pipe qui tire, un baiser..., enfin, oui, un baiser tout de même, donné par une belle fille, voilà, Néron, de quoi satisfaire un traducteur. »

Un ronflement sonore du genre de ceux qu'on entend parfois dans les chambrées d'artilleurs me répondit. Néron dormait la tête sur un exemplaire défraîchi de *La Place du cynocéphale dans l'art du bas-empire*, ouvrage de mon estimé maître.

Vers trois heures du matin, dans une atmosphère bleuie par la fumée de pipe, je mis un point final à mes traductions. Néron, qui ne dormait que d'un œil, se réveilla comme je revissais mon stylo et se campa devant la porte.

Cette posture indique d'ordinaire, quand elle est accompagnée de petits gloussements brefs, gueule fermée, que le chien veut sortir. Mais je ne m'y trompais pas, elle signifiait, cette fois, que Néron ne resterait pas seul dans ce réduit sans manifester sans doute bruyamment son insatisfaction. S'il causait un scandale en pleine nuit, mes relations avec Mme Vallabrègues seraient à nouveau compromises. Aussi décidai-je, avec le maximum de discrétion, de l'emmener dans la chambre qu'on m'avait assignée, au premier étage, à l'opposé de celle où devaient dormir les maîtres du logis.

Je conduisis d'abord Néron sur la pelouse où, dans un massif de rhododendrons, il prit ses précautions pour les heures à venir, puis en évitant le gravier crissant, nous gagnâmes la maison. Le boxer semblait avoir compris qu'il convenait de ne pas troubler le silence de cette douce nuit aveyronnaise. Il marchait à mon côté avec une prudence de cambrioleur. Clara m'avait chargé d'éteindre les lumières du hall d'entrée et de pousser le verrou, ce que je fis. Restait à grimper un escalier ciré, glissant comme une patinoire et sonore comme une contrebasse.

Si Néron dérapait sur les marches, nous allions au-devant de la catastrophe. Je le saisis donc à bras-le-corps et, lesté de ses quarante kilos de muscles et de fantaisie canine, je l'enlevai avec des précautions de jeune marié emportant son épouse vers la couche nuptiale. Un dressement d'oreilles révéla la surprise du boxer qui, docilement néanmoins, se laissa transporter. L'ayant posé sur ses pattes, je me préparais à ouvrir la porte de ma chambre quand il me faussa compagnie. Vif comme une antilope, il se jeta dans l'escalier qu'il dévala dans un bruit de cascade capable de réveiller une momie. Je m'attendais à voir surgir mes hôtes en tenue de nuit croyant à un tremblement de terre ou à l'effondrement d'une poutre maîtresse, mais rien ne vint. Aux battements d'une grosse horloge répondaient seuls ceux de mon cœur angoissé. J'allais me lancer à mon tour dans la descente, en évitant de poser le pied au milieu des marches, quand Néron réapparut dans le hall. Je vis d'abord sa croupe, puis son échine arc-boutée, puis sa tête puissante et enfin le petit tabriz qui semblait avoir ses faveurs. Il manifestait clairement l'intention de le tirer jusqu'au premier étage.

« Ce chien est impossible, il veut vraiment me fâcher avec le reste de l'humanité. »

J'arrivai dans le hall juste assez tôt pour prévenir la chute d'une sellette supportant une Vénus de Milo en albâtre et que le déplacement du tapis avait déséquilibrée. Je dus encore disputer sa prise à Néron dont les mâchoires crochetées dans la laine refusaient de s'écarter. Les dieux devaient être cette nuit-là particulièrement favorables à mon sort. Le pugilat qui m'opposa au boxer passa inaperçu et je pus tout remettre en ordre sans susciter la moindre intervention.

Néron dut finalement se satisfaire d'une descente de lit tout à fait quelconque quand nous fûmes enfermés dans notre chambre. Vaincu, il s'endormit non sans avoir tenté de s'approprier un coussin au canevas que j'expédiai sur la corniche de l'armoire hors de portée de sa convoitise.

Quand je pus enfin m'allonger, je me sentis brisé de fatigue. La place que tenait maintenant Néron dans ma vie me paraissait hors de proportion avec tout ce que j'avais entendu dire sur les rapports d'un homme et de son chien. Henry, qui m'avait caché la monorchidie de son boxer, ne m'avait-il pas réfilé sciemment un cabot caractériel exigeant une attention de tous les instants ?

On peut consacrer entièrement ses jours à une femme qu'on aime, à une vieille mère impotente, à un enfant handicapé, mais à un boxer doué d'une pareille vitalité, était-il raisonnable de sacrifier sa tranquillité, ses amis et peut-être ses chances de connaître l'amour ?

J'avais prévu de me réveiller avant tout le monde et d'évacuer discrètement le boxer, mais ce fut la voix de Mme Vallabrègues qui me tira de mon lit alors que le soleil était déjà haut. Sous ma fenêtre, dans le jardin, elle s'entretenait avec son mari. Le grincement des gonds des volets fit lever la tête à mes hôtes qui me saluèrent d'un air morose.

« J'ai passé une excellente nuit, dis-je.

— Eh bien, pas nous, fit Mme Vallabrègues d'un ton las. Clara est malade. Nous attendons le médecin.

— De quoi souffre-t-elle ?

— De nausées, elle a aussi des plaques rouges et des boursoufflures affreuses sur le visage et sur tout le corps..., une sorte d'urticaire géante expliqua la mère de Clara.

— A mon avis, elle s'est trop exposée au

soleil..., à moins que ce ne soit une indigestion de foie gras... Elle a perdu, en Amérique, l'habitude de nos riches nourritures..., commenta le père.

— Mes foies sont excellents et n'ont jamais rendu qui que ce soit malade... Ce sont peut-être les émotions d'hier qui lui ont, comme on dit chez nous, "remué le sang"

Par ce rappel de biais, Mme Vallabrègues rendait Néron indirectement responsable des éruptions cutanées de sa fille.

« A propos, votre chien, on ne l'a pas encore entendu, nous irions bien le libérer, mais nous craignons... -

— N'en faites rien, dis-je vivement, je fais ma toilette et je vous rejoins. »

Tout en me penchant pour converser avec mes hôtes, je distribuais à tâtons des coups de pieds nus au boxer qui tentait d'insinuer sa grosse tête sous mon bras, afin de satisfaire une curiosité qui n'est pas, comme on l'a vu, son moindre défaut.

L'arrivée du médecin, que les Vallabrègues conduisirent jusqu'à la chambre de leur fille, nous permit heureusement une sortie discrète.

Quand ils raccompagnèrent le praticien,

je prenais le petit déjeuner que j'avais trouvé servi sur la terrasse.

« Que dit le docteur, madame ?

— Il pense à une intoxication ou à une manifestation allergique. Clara a reçu une piqûre. Elle repose. »

Je rendis compte au professeur de mes travaux et j'annonçai mon départ.

« Clara sera désolée de ne pas vous saluer, mais vous comprendrez, dit mon vieux maître, qu'elle ne veuille pas se montrer. »

Les Vallabrègues n'ayant pas manifesté le désir de me retenir, je pris la route en remuant des pensées mélancoliques.

Néron semblait partager mes états d'âme. Il fut d'une sagesse exemplaire tout au long de la journée. A Perpignan, je m'arrêtai dans une brasserie pour téléphoner à Séverac-le-Château afin d'avoir des nouvelles de Clara.

« État stationnaire, répondit l'archéologue, mais je suis bien aise de vous entendre. Le médecin qui penche de plus en plus pour une crise d'allergie voudrait recevoir d'urgence quelques poils de votre chien afin de pratiquer des tests.

— ...

— Vous n'avez qu'à nous en expédier en exprès une pincée dans une enveloppe.

— Dites ma sympathie à Clara... Je vais faire immédiatement ce que vous me demandez. »

Quand une serveuse intriguée m'eût apporté une paire de ciseaux et une enveloppe, il me fallut trouver sur la personne du boxer de quoi prélever l'échantillon pilaire exigé par le médecin. Si Néron était né, épagneul breton, bouvier ou berger d'Écosse, l'opération n'eût pas présenté de difficultés. Mais j'avais affaire à un poil ras. J'optai pour le poitrail où le pelage me parut le plus fourni, et après bien des efforts que le boxer ne tenta pas de contrecarrer, j'obtins quelques pincées de poils longs comme des cils. L'incompréhension que je lisais dans les yeux de mon chien, aussi bien que dans les regards des consommateurs, ne retint pas ma main. L'opération terminée, Néron passa un grand coup de langue sur le losange blanc qui lui tient lieu de gilet, comme pour effacer une injure.

« C'est égal, pensai-je, si l'on impute à Néron la maladie de Clara, jamais je ne reverrai la jeune fille et l'antipathie de sa mère tournera à la détestation. »

Je me sentais bien capable de prendre Néron en grippe et, sans toutefois lui infliger de mauvais traitements, de le conduire avec plus de rigueur, d'exiger une obéissance parfaite. Tandis que nous roulions, j'imaginais des moyens de coercition.

« Toi, mon vieux, tu as intérêt à bien te tenir désormais, à ne plus entraver mes projets ni perturber mon existence. Et d'abord, dès notre retour à Paris, je t'inscrirai dans une école de dressage. »

J'avais entendu dire que les chiens intelligents subodorent aisément l'humeur de leur maître. Cette disposition me fut confirmée par l'attitude du boxer qui se tint coi au passage de la frontière et se fit oublier jusqu'à l'arrivée à Ampurias où Carlos, modèle des hôteliers espagnols, nous accueillit avec des transports de joie et une anisette fraîche.

XI

A L'HÔTEL, Néron s'imposa immédiatement comme un exemple à donner aux autres chiens. Attaché à mes pas, réservé comme un magistrat, ne répondant pas aux appels des bambins à tartines tenus à distance par des mères auxquelles j'avais laissé entendre que mon assureur dédommageait habituellement les frais de morsure, le boxer se fit en quarante-huit heures une réputation.

Il n'était pas, cependant, le seul représentant de la race canine. Il y avait là un vieux cocker rhumatisant accompagné d'une famille lyonnaise compassée, un terrier de Lhassa, spécimen d'une espèce rarissime, né dans la « Lost valley of Tibet » et qui passait le plus clair de son temps sur les genoux d'une veuve d'hidalgo, muette comme un bonze. J'avais aussi

remarqué un grand setter anglais mou-
cheté de blanc et noir, aux pattes et à la
queue agrémentées de franges soyeuses. Il
répondait généralement assez vite, au nom
de Monty.

Compagnon attentif d'une lady, anguleuse mais souriante, vainqueur du rallye
Londres-Le Cap en 1938 et encore capable
d'assécher sa bouteille de porto après le
dîner, ce pur produit de l'élevage de Sir
Lawerak devint le camarade de jeux de
Néron. Dans ce setter fier et dominateur
comme un pair du royaume, le boxer avait
su reconnaître un parfait « gentledog ».
Monty sans doute impressionné par le
flegme et la musculature sportive de Néron
avait raisonnablement opté pour l'entente
cordiale qui a toujours profité aux Anglais.

Le setter, jouissant d'une liberté de mouvement justifiée par sa bonne éducation et
la vieille théorie de l'*habeas corpus*, je ne
pouvais refuser d'en accorder une sembla-
ble à mon chien. On prit donc l'habitude
de voir musarder les deux camarades sur
les terrasses, faire ensemble des civilités
aux arbres du jardin, surveiller côte à côte,
comme des entomologistes associés, la
progression des cucarachas sur les marches du perron ou pourchasser, le soir

venu, les mouettes braillardes sur la plage déserte.

L'isolement de l'hôtel, une bâtisse datant de l'ère prétouristique espagnole et située au milieu des dunes où s'élevait autrefois une colonie grecque prospère, nous autorisait à laisser divaguer nos chiens.

Monty, pas plus que sa maîtresse, ne pratiquait les bains de mer. Néron, en revanche, s'y adonna dès le premier jour avec l'impétuosité qui lui tient lieu d'enthousiasme. Tandis que le setter sur la terrasse de l'hôtel somnolait à l'ombre, sa maîtresse attendant l'heure de l'anisette en lisant le *Times*, Néron et moi nous alternions les trempettes et les stations au soleil. Si le boxer appréciait l'eau qui lui donnait l'aspect d'une otarie, il préférait, après une course désordonnée à la frange des vagues et sans souci d'éclabousser les pusillanimes, qui ne trempaient que leurs orteils, se tenir à l'ombre d'un parasol.

Comme je juge cet accessoire inutile, il devait choisir, après s'être ébroué, un de ceux rendus temporairement vacants par la baignade de leurs propriétaires. Chiffonnant les peignoirs soigneusement étalés par des dames prévoyantes, bousculant parfois des piles de vêtements, il s'affalait, langue pendante, et contemplait l'horizon tel un négus sous son palanquin. Les vociférations des titulaires, indignés de trouver sous leur toit de toile un squatter aussi désinvolte, me tiraient parfois de mes rêveries marines, m'obligeaient à présenter des excuses et à tenir le boxer en laisse pendant les périodes de repos. Après quelques incidents qui faillirent me valoir une bagarre avec un Néerlandais massif, j'achetai un parasol pour le chien. Mais ce dernier, estimant sans doute que l'ombre pistache de notre abri dépréciait son teint bringé, continua cependant à préférer les parasols étrangers.

Ces incidents paraîtront bénins par rapport à celui qui, le troisième jour, nous opposa à une Autrichienne. Arrivée la veille et pâle comme un lis, cette demoiselle avait souhaité, semble-t-il, acquérir en un minimum de temps la carnation d'une vahiné. Enduite d'huile du front aux chevilles, allongée sur le dos, jambes et bras écartés, elle se livrait tout entière à la pénétration quasi sensuelle de Phoebus quand Néron décida, sans me consulter, d'ouvrir une tranchée dans la plage. Il choisit de tracer son ouvrage suivant une ligne parallèle au littoral et perpendiculaire à la hanche de la sirène du Danube.

Pendant que, les yeux clos, je composais mentalement une lettre de château pour les Vallabrègues, le boxer travaillait comme un forçat et progressait en projetant des gerbes de sable, ce qui expliquait, sans que je m'en doutasse, les rires agaçants d'une bande de gosses.

Un cri perçant, suivi d'une diatribe précipitée dans la langue des Habsbourg, m'obligea à me redresser. Néron, impavide, assis à côté de moi, fixait avec un étonnement sincère une statue de sable gesticulante et qui invectivait contre nous. D'un coup de serviette passée d'une main nerveuse, la statue fit apparaître son visage. Il ne devait pas manquer de beauté, quand le rictus de la colère ne le déformait pas.

« Foila, ce que fotre gien a fait... Gomme un wienerschnitzel che suis, baintemant ! Les giens sont verbotten chez nous sur les blages. Ché fais me blaindre aux z'autorités !

— Je suis désolé, mademoiselle, vraiment désolé », dis-je en mettant dans ma déclaration le maximum d'humilité.

Jamais je n'ai dû exprimer aussi souvent devant des inconnus le sentiment de désolation que depuis l'entrée du boxer dans ma vie.

Rageusement et sous les rires popula-
ciers de quelques estivants français — qui
n'eussent pas manqué, se trouvant dans
la situation de la jeune fille, de crier au
viol des libertés fondamentales — l'Autrichienne courut se jeter à l'eau.

Je n'attendis pas son retour et remontai
vers l'hôtel, Néron-Vauban étant contraint
d'abandonner son ouvrage inachevé. La
maîtresse de Monty qui, de loin, avait suivi
la genèse puis le déroulement du drame
m'arrêta au passage.

« Like a dog at a wedding[1] », lança-t-elle,
puis elle me fit superbement observer que
les petites gens, qui aiment à se livrer sur
la plage à des jeux puérils, manquent tota-
lement de compréhension pour les jeux
des chiens.

« J'imagine qu'en Angleterre la dame
transformée en escalope panée eût réagi
avec le sourire.

— Détrompez-vous. Nous avons, nous
aussi, nos mauvais coucheurs. Je peux
vous raconter un incident prouvant que
tous les Anglais n'adorent pas les animaux
comme le croient trop souvent vos compa-
triotes. C'était en février 1955, nous retour-

---

1. « Comme un chien dans une noce », équivalent
anglais de notre « comme un chien dans un jeu de
quilles ».

nions en Écosse, quelques amis et moi, avec nos chiens qui avaient remporté plusieurs prix au Cruft's show de Londres. Pour que nos champions puissent voyager plus confortablement jusqu'à Edimbourg, nous avions loué plusieurs compartiments et les pauvres chéris, épuisés pas les présentations, dormaient allongés sur les banquettes quand des voyageurs qui n'avaient pu trouver de places assises émirent véhémentement la prétention de les faire déguerpir. Nous avions payé nos places. Monty avait son ticket comme le lévrier afghan de Mrs. Crombie et le bull mastiff de Miss Celia Smith. Ces gens qui prétendaient occuper les banquettes où dormaient nos chiens déposèrent une réclamation au bureau des British Railways et le *Daily Telegraph* consacra un article à l'affaire.

— Elle n'eut pas de suites, j'imagine !

— Aucune, sinon que les British Railways publièrent une mise au point assez démagogique. On reconnaissait que nous avions loué des compartiments entiers et que nos chiens étaient « exceptionnels », mais qu'en règle générale les animaux n'ont pas le droit d'occuper une banquette. On nous reprocha d'une façon assez mesquine de ne pas avoir étalé de couverture sur les sièges avant d'y installer les animaux. Vous reconnaîtrez avec moi qu'il n'y avait pas de quoi, comme vous dites chez vous, fouetter un chat. »

Tandis que j'acceptais une anisette, Néron entraîna Monty à l'écart, sans doute pour lui donner sa propre version des faits.

A la fin de l'après-midi, je fis livrer deux douzaine de roses à la victime des terrassements néroniens et je postai à l'adresse des Vallabrègues une lettre aimable où le nom de Clara apparaissait au moins dix fois. Ayant ainsi le sentiment d'avoir accompli mes devoirs, je pouvais m'en remettre pour l'avenir aux dieux et aux déesses qui gouvernent nos destins. Car je ne suis pas un de ces hommes aigris qui considèrent que la vie a toujours été injuste à leur égard, que le monde entier s'est ligué malignement pour les priver de l'amour, de la gloire et de la fortune auxquels leurs rares mérites les autorisent naturellement à prétendre. Je peux même dire que j'ai une certaine propension à me satisfaire de mon sort. J'admets avec lucidité que la plupart des embêtements qui me sont échus sanctionnaient des erreurs, des engouements injustifiés ou des imprudences. Ainsi, quand j'ai donné mon amitié à Henry, alors que nous portions l'un et l'autre des culottes courtes, je savais déjà qu'il était égoïste, vaniteux et possessif. Soit par faiblesse, soit par complaisance, soit aussi parce que son aisance et son effronterie m'inspiraient une admiration malsaine, j'ai accepté d'être dupé et je l'accepte encore (moins bien toutefois). J'ai même subodoré, le jour où je l'ai présenté à Irma, sur le perron de la faculté des lettres, qu'il ferait tout pour la conquérir avant moi, qu'il saurait lui dire ce que je n'osais pas formuler, qu'il aurait l'audace de lui prendre la main alors que je ne me décidais même pas à lui offrir mon bras pour traverser la chaussée. J'avais compté naïvement sur la perspicacité de la jeune fille pour faire échouer les manœuvres, souvent observées, du bel Henry. Elle décèlerait tout de suite, pensai-je alors, la différence entre le casse-cœur clinquant et le terne, mais sincère, épouseur que je voulais être. Après douze années de vie commune avec Henry, Irma ne s'est toujours pas aperçue de la disparité de nos caractères.

Car, huit jours après leur première rencontre, ils me firent comprendre qu'ils n'avaient pas besoin de chaperon. Plus tard, quand ils m'invitèrent à leurs fiançailles, puis quand ils m'offrirent d'être témoin de leur mariage, je fis bonne figure. Ami du couple comme un tiers un peu benêt apte à recevoir les confidences et à être tapé pour assurer les fins de mois difficiles, il m'arriva même de jouer la baby-sitter quand Irma et Henry allaient voir une pièce de théâtre ou sortaient en amoureux. De la même façon, qu'ils m'avaient contraint à garder Michette et Fanfan, ils s'étaient arrangés pour m'imposer un chien dont ils voulaient se défaire. C'était cependant de tous leurs tours celui que je pardonnais le plus sincèrement. « Un homme malmené par la vie trouve toujours un réconfort dans le regard de son chien », m'avait dit autrefois un philosophe de salon, et c'était vrai. Néron ne discutait pas mes goûts, admettait mes habitudes, ne se souciait pas de savoir si j'agissais bien ou mal, ni si mon compte en banque était créditeur. Il s'éloignait sans maugréer quand la fumée de ma pipe l'importunait et mes opinions politiques lui étaient indifférentes. Si j'avais noué une cravate à carreaux verts sur une chemise indigo, il ne m'aurait pas fait de remarque désobligeante. Évidemment, en échange de sa dévotion, j'avais dû m'adapter à la forme particulière de son intelligence, exclusivement orientée vers la satisfaction de ses instincts élémentaires. Mais je connaissais tant de couples humains qui, passée l'euphorie de l'idylle, se livraient des escarmouches quotidiennes ou se résignaient à l'incompréhension mutuelle, que je considérais maintenant que Néron et moi faisions un assez bon ménage.

Le soir où, certain d'avoir fait le tour des capacités fantaisistes de Néron, d'avoir identifié ses lubies, je dressai ce bilan satisfaisant, j'ignorais encore qu'un boxer a plus d'imagination qu'un scénariste comique américain.

A quelques jours de là, sur une plage éloignée de l'hôtel, je comptais me prélasser sans avoir à redouter de sottises méditées. Il n'y avait pas d'enfants dont il aurait pu voler la balle, aucun autre parasol que le nôtre ne rompait la monotonie du sable et les représentants de la « guardia civil » avec leur curieux chapeau en cuir laqué ne s'aventuraient jamais aussi loin des buvettes. Afin de faire courir et nager le chien — sa fatigue m'assurant des siestes paisibles — j'avais apporté un anneau de caoutchouc rouge que je lançais dans la mer et qu'il me rapportait en s'ébrouant joyeusement. Après un nouveau lancé particulièrement réussi, il se précipita comme chaque fois dans les vagues. Mais, au lieu de nager vers le jouet flottant, je le vis mettre le cap sur un matelas pneumatique à bord duquel dérivait, bercé par la houle, un corps bronzé. Les événements se déroulèrent si vite qu'aucun expert international n'aurait pu arbitrer le combat naval auquel j'assistai. Telle une torpille, Néron arriva sur l'esquif de caoutchouc, y planta les crocs et le secoua vigoureusement. Je vis gesticuler un corps sec, celui d'un homme qui n'était pas de la première jeunesse, puis le matelas se dressa comme un cuirassé qui coule par l'arrière et l'homme disparut. J'allais m'élancer à son secours quand la tête du naufragé réapparut à côté de celle de Néron tandis que le matelas se dégonflait. L'inconnu nageait un crawl impeccable et je le vis se rapprocher de la plage suivi par mon chien qui, tel un remorqueur de haute mer, tirait l'épave flasque.

La nouvelle victime de Néron était un Anglais qui aimait les animaux et appréciait leurs facéties. Long et noueux, quasiment chauve, mais pourvu de moustaches rousses impressionnantes qui lui remontaient vers les tempes comme s'il avait mordu dans un croissant, l'inconnu avait plutôt l'air de bonne humeur.

« Je suis désolé, commençai-je usant de la formule consacrée.

— God dam ! votre dog a été dressé par les coastguards... Je n'ai jamais été coulé aussi promptement. »

Un Français se fut certainement montré désagréable, mais l'humour, « cette réaction du bon sens devant toute nouvelle preuve d'absurdité », étant le propre des Britanniques bien élevés, j'en fus quitte en proposant un peignoir. S'asseyant sur le sable, le rescapé tira d'un étui étanche qu'il portait attaché à la taille un paquet de Player's et un briquet, alluma posément une cigarette et se mit à caresser Néron étendu sur le matelas dégonflé, comme un corsaire sur sa prise.

Je me nommai, l'Anglais en fit autant.

« Commodore Tom Brisley. J'ai une villa dans les dunes où je passe l'été. Je suis... very happy d'avoir été torpillé... this morning. C'est ma troisième naufrage. Deux pendant la war par des german submarines et un par un french dog... Maintenant, je ne suis plus craignant rien, n'est-ce pas ?

— C'est la revanche de Trafalgar », commentai-je, voyant que le commodore prenait l'affaire du bon côté.

Nous finîmes par aller boire du whisky

sur la terrasse de sa maison qui dominait la petite baie et les ruines d'une antique cité au milieu desquelles les Espagnols ont ouvert un beau musée archéologique.

Pendant que nous devisions à l'ombre, en admirant le paysage et en suivant sur la mer les évolutions des voiliers sortis du petit port voisin, Néron partit en exploration du côté des dunes.

Nous en étions au troisième verre et le commodore achevait le récit de son second torpillage en mer du Nord quand le boxer revint au galop tenant dans sa gueule un vieil os, brun et sec, que je pris pour le vestige d'un squelette de mouton.

Je fus rapidement détrompé quand apparut, un peu essoufflé, un homme vêtu d'un costume de toile et coiffé d'un vieux chapeau de paille. Le nouvel arrivant nous salua en espagnol, puis développa dans un impeccable français le but de sa visite inopinée.

« Pourriez-vous obtenir de votre chien qu'il veuille bien me rendre l'os qu'il vient de dérober dans la tombe que je suis en train de fouiller... Il s'agit du tibia d'un commerçant romain mort il y a 2 027 ans... C'est une pièce archéologique !

— Hello ! professeur Esteban, fit mon hôte anglais en reconnaissant le savant, venez donc prendre un drink avec nous, cet dog qui ne respecte ni la Royal Navy ni les sujets de César vous rendra votre os vénérable ! J'en suis sûr, n'est-ce pas ? »

Néron ayant abandonné la relique à mes pieds, je pus la remettre à l'archéologue qui, rassuré, la déposa sur la table entre les verres. Je présentai des excuses et expliquai que ma profession d'épigraphiste me porte plus que mon chien au respect de ce genre de souvenir. Je fus immédiatement invité à visiter le champ de fouilles, à condition toutefois que Néron soit tenu en laisse.

Ainsi, chaque journée de nos vacances m'apporta, grâce au boxer, des relations nouvelles, me fit faire la connaissance de gens charmants auxquels je n'aurais jamais, sans ses interventions, adressé la parole. Je lui dois même quelques soirées très agréables passées avec la demoiselle autrichienne qui, émue par mon envoi de fleurs, accepta que je l'emmène danser au village, tandis que la maîtresse de Monty assumait, en compagnie du commodore, la garde de Néron, en dégustant jusqu'à une heure avancée de la nuit les meilleurs portos de l'hôtel.

Le jour où il fallut reprendre la route de Paris, j'eus droit à des adieux touchants de mes nouveaux amis. La lady au setter, Tom Brisley, le professeur Esteban, Tilly, la gentille Autrichienne maintenant dorée à point, me firent promettre de revenir l'été suivant et Néron eut sa part de congratulations.

Seule la marchande de sorbets, dont le chat, assiégé par le boxer et Monty, avait été contraint à des séjours prolongés sur le toit brûlant de la camionnette-échoppe, ne manifesta pas de regrets de me voir partir.

Nous avions vécu, en somme, de bien belles vacances.

XII

UNE surprise de taille nous attendait, Néron et moi, à notre arrivée à Paris. Quand je sonnai à la porte de mon appartement, trop encombré que j'étais pour pouvoir atteindre mes clefs et m'attendant à être accueilli par le sourire de Pilar, ce fut Irma qui m'ouvrit la porte. Et de sourire point. Mais une mine défaite, des yeux cernés, une coiffure négligée, une tenue débraillée. A vrai dire, la femme d'Henry était en robe de chambre, ce qui ne manqua pas de m'étonner, ce vêtement d'intérieur n'étant pas celui qu'elle porte habituellement quand elle me rend visite.

Néron lui sauta littéralement dans les bras, la faisant trébucher et soufflant d'émotion comme un cachalot qui retrouve sa mère.

148

« Quel heureux hasard ? demandai-je l'air gamin.

— Un malheureux hasard, plutôt, dit d'une voix lasse l'épouse de mon ami.

— Il n'est rien arrivé de grave à Henry... ni aux enfants ?

— Les enfants sont en vacances chez ma mère et se portent bien, Dieu merci !

— Et Henry ?

— Oh ! lui doit aller très bien, j'imagine ! »

Le ton était acerbe, venimeux, rancunier.

Je me laissai tomber dans un fauteuil du salon pendant que Néron disparaissait vers l'office, pour voir s'il y avait quelque chose à boire.

« Pilar n'est pas là ?

— Elle est en course, Félix... Mais je vous dois tout d'abord une explication.

— C'est-à-dire ?...

— Eh bien, je me suis installée chez vous... temporairement..., parce que j'ai décidé de quitter Henry ! »

Telle était donc la cause de cette attitude lamentable. Il y avait eu drame chez les Pastor.

« Oui, Félix, Henry me trompe odieusement, reprit Irma en ramenant sur ses genoux les pans de sa robe de chambre, que je reconnus d'ailleurs pour être une des miennes.

— Il vous trompe ? »

Mon incrédulité poussa la jeune femme aux confidences véhémentes.

« Oui, le goujat, avec une petite grue écossaise qu'il avait dû lever pendant notre voyage et qui l'a rejoint à Paris. Ça fait un mois que ça dure.

— Mais comment avez-vous...

— J'ai trouvé une lettre... Vous savez combien Henry est désordonné. Et puis, il y a trois jours, il est parti pour la Suisse, soi-disant pour étudier un glissement de terrain à Montana... et il l'a emmenée... (Irma qui suffoquait d'indignation reprit sa respiration.) Je le sais parce que j'ai téléphoné à l'hôtel où Henry est descendu... J'ai demandé la fille Mary MacCullough... et c'est Henry qui a répondu... Les cochons étaient au lit ensemble ! Il n'a même pas cherché à nier... Le lendemain, il m'a rappelée pour me raconter je ne sais quelle histoire de conférence de travail qui se tenait dans sa chambre... à trois heures du matin. En plus, il me prend pour une imbécile. L'orogénie a bon dos.

— Il ne faut pas en faire une montagne, Irma !

— Oh ! je vous dispense de vos astuces[1], croyez-moi, ce n'est pas drôle. Être trahie d'une manière aussi triviale après douze ans de mariage et deux enfants... »

Elle se mit à pleurer et Néron, qui nous avait rejoints après une inspection détaillée de l'appartement, alla jusqu'à lui lécher les mains. Elle le repoussa doucement et le boxer s'assit sur mes pieds, comme toujours, en considérant son ancienne maîtresse d'un air consterné.

« Voyons, Irma, remettez-vous, c'est une passade. On ne brise pas une union comme la vôtre pour...

— Et d'abord, tout cela est votre faute, Félix... Si vous ne nous aviez pas enlevé Néron, cette histoire ne serait pas arrivée, son chien l'occupait... Pendant qu'il le promenait, il ne pensait pas aux femmes...

— Ça alors ! C'est vous-même qui m'avez supplié de le garder, ce chien, pendant votre voyage en Écosse et, ensuite, c'est encore vous qui, le trouvant insupportable, m'avez demandé de le reprendre... Votre chagrin vous égare.

— Vous n'auriez pas dû céder... la seconde fois, là ! »

1. Henry est géologue et l'un des grands spécialistes français de l'orogénie qui est l'étude de la formation des massifs montagneux.

Le mode de raisonnement d'Irma a cet avantage qu'il lui permet de tirer des conclusions logiques de données vicieuses. Sa dialectique est d'une souplesse extraordinaire.

Je vins néanmoins m'asseoir près d'elle sur le canapé et lui entourai l'épaule de mon bras. Elle se laissa aller en pleurant et ses cheveux me frôlèrent le menton.

« Allons, il faut dominer votre chagrin, je parlerai à Henry.

— Ah ! ça, je vous l'interdis ! cria-t-elle en se redressant. Je ne veux plus le voir..., il me répugne.

— Mais quand il saura que vous êtes chez moi...

— Il n'a pas à le savoir.

— Mais il l'apprendra fatalement... Il va vous chercher.

— Il ne me cherchera pas ici... C'est même le dernier endroit où il peut imaginer que je puisse me trouver... Il vous tient pour un type incapable de satisfaire une femme... et pour un ami loyal.

— Merci, dis-je, vexé. Ce n'est pas parce que je ne fais pas le joli cœur comme votre mari que je n'ai pas de maîtresse.

— Ah ! vous voyez, vous le reconnaissez... qu'il est coureur... Il a dû en avoir d'autres... Vous deviez vous raconter vos dégoûtantes aventures, et moi, bonne poire, j'élevais les enfants et je lui repassais ses chemises ! »

Elle se remit à sangloter, le visage enfoui dans les coussins. La robe de chambre béante laissait voir une cuisse et une mini-combinaison de dentelle noire, qu'en d'autres circonstances j'aurais peut-être trouvées affriolantes.

Néron, qui déteste sans doute les mélodrames de boulevard, émit un bâillement que je trouvai déplacé.

Les larmes d'une femme toujours me bouleversent et je m'employais à consoler Irma quand Pilar apparut au seuil du salon. En deux bonds, Néron fut sur elle, trémoussant du train arrière aussi gracieusement qu'un éléphanteau auquel on aurait tiré la queue.

La jeune Espagnole prit sur elle de ne pas remarquer que je tenais dans mes bras la femme de mon meilleur ami, à demi dévêtue.

« Vous avez eu les bonnes vacances avec el perro ?

— Excellentes, merci, mais je suis désolé de trouver Mme Pastor dans cet état.

— Qué voulez-vous, señor, c'est bienne qu'elle plore, ça soulage le corazon... Elle m'a raconté tout... Les hommes francéses, c'est connu qu'ils sont pas fidèles. »

Et sur cette déclaration de principe, Pilar fila vers l'office, Néron sur ses talons.

Un moment plus tard, j'avais envoyé Irma au lit après lui avoir administré un cachet d'aspirine et un grand verre d'eau avec une rasade de fleur d'oranger. Il ne me restait plus qu'à mettre au point avec Pilar les conditions d'une cohabitation qui me plaisait d'autant moins que le boxer semblait ravi de retrouver chez moi son ingrate maîtresse.

« On né va pas la jeter à la rue, hein, señor ?

— Non, bien sûr...

— Jé vé vous faire oune litière sur le canapé du salone et pouis on verra mañana ! »

Néron, qui semblait s'adapter parfaitement à la situation, me parut également satisfait de retrouver les platanes et les compteurs de stationnement de l'avenue. Nous rencontrâmes au cours de nos promenades hygiéniques d'autres couples chiens-maîtres habitués du quartier. La demoiselle à la levrette italienne, qui n'avait pas dû prendre un gramme, me salua d'un sourire ; le chow-chow du 147 grogna comme autrefois à notre approche

154

et, en arrivant à la hauteur du 123, le boxer, qui a bonne mémoire, décrivit un large détour pour ne pas s'attirer les invectives habituelles de la concierge au seau d'eau. Les commerçants, heureux de revoir une de leurs pratiques, nous firent des courbettes et le gardien du square nous suivit un moment du regard, pour voir si nous n'allions pas nous « oublier » derrière les haies de buis qui limitent son territoire. Pendant notre absence, les murs de la capitale s'étaient couverts d'affiches suggestives, indiquant, avec flèches à l'appui, comment les toutous bien élevés doivent s'y prendre pour se soulager dans les caniveaux. Cette campagne pour la propreté de Paris, qui semble attribuer aux chiens toute la responsabilité de la saleté des rues, me parut assez désobligeante pour la gent canine, dont l'éducation n'est que le reflet de celle des maîtres.

Le pompiste au berger allemand, qui rentrait de New York, m'expliqua que, là-bas, on commence à dresser des contraventions aux propriétaires de toutous malpropres et qu'un petit malin est en train de faire fortune en vendant des ramasse-crottes brevetés et des sacs ad hoc.

« Il faut dire, reconnut-il, qu'avec un million quatre cent mille chiens, qui « produi-

sent » chaque jour quatre cent mille tonnes de « chose » et deux cent mille galons
d'urine, New York risquait de n'être plus
qu'un vaste champ d'épandage. »

Néron, est-il nécessaire de le préciser,
n'eut pas un regard pour les humiliantes
affiches, pas plus qu'il ne s'intéressa au
panneau montrant un boxer galopant pour
la plus grande gloire d'une marque de
pneumatiques.

Sans la présence insolite d'Irma, qui
m'obligeait à dormir sur un canapé-lit, dit
« de dépannage », dont les ressorts perni-
cieux me meurtrissaient le dos, j'aurais
trouvé la vie agréable et septembre, qui
s'annonçait déjà en éparpillant des feuilles
sèches, la saison la plus romantique de
l'année.

Après quarante-huit heures de prostra-
tion qu'elle passa — visitée par la seule
Pilar — dans la chambre que je lui avais
courtoisement cédée, Irma apparut un soir
à l'heure de l'apéritif, pimpante, maquillée,
vêtue d'un ensemble de soie bleu et blanc,
chaussée d'escarpins vernis et, pour tout
dire, ressuscitée. Sa coiffure, un gros chi-
gnon bouffant sur la nuque, était l'œuvre
de ma soubrette.

« Bravo ! je vous retrouve enfin !

— Emmenez-moi dîner quelque part,

Félix, je meurs de faim et j'ai envie de voir du monde. »

Nous allâmes dans un restaurant où j'ai mes habitudes. Le patron me croyant en bonne fortune me fit un clin d'œil complice en nous conduisant à une table d'angle.

Au dessert, Irma avait les pommettes rouges et les yeux brillants. Elle me prit la main, ce qui me permit de constater qu'elle avait ôté son alliance.

« Félix, vous êtes rudement chic avec moi. Je débarque chez vous à l'improviste et vous m'accueillez..., vous m'adoptez comme un oiseau blessé, votre gentillesse me touche plus que je ne sais le dire. Les hommes comme vous sont rares, croyez-moi... J'en connais plus d'un qui depuis une semaine aurait tenté de profiter de mon désarroi...

— Vous êtes la femme d'Henry, Irma, et...

— Je ne suis plus la femme d'Henry..., il est sorti volontairement de ma vie... J'ai d'ailleurs envoyé cet après-midi Pilar chercher ma lingerie et quelques affaires... »

L'expérience m'a appris qu'une femme qui apporte chez vous sa lingerie et ses produits de beauté envisage un long séjour.

« Mais vous comprenez bien que la situation ne peut pas durer ainsi...

— Ne me gâchez pas ma soirée, Félix. Je suis bien... avec vous et j'ai l'intention de jouir un peu de la vie. »

De retour à la maison, je m'apprêtais à descendre Néron quand Irma, qui venait d'ôter ses gants, proposa de préparer une tisane, que nous prendrions à mon retour « avant d'aller au lit », ajouta-t-elle d'un ton conjugal.

J'aurais préféré siroter tranquillement un alcool en fumant ma pipe, mais j'avais déjà admis qu'il ne fallait pas contrarier cette femme malheureuse dont l'autorité s'exerçait spontanément. N'avait-elle pas déjà demandé à Pilar de venir plus tôt le matin et de servir le déjeuner.

Quand je revins de la dernière promenade, Irma m'attendait, allongée sur le canapé encore clos, dans un déshabillé rose qui ne laissait pas ignorer grand-chose de sa plastique un peu dodue mais tout à fait convenable. Deux tasses fumantes se trouvaient sur la table basse.

« Combien de sucres, Félix ? dit-elle en se redressant dans un froufrou.

— Deux... dans la tisane ! »

Puis elle me tendit ma tasse, aussi naturellement que l'aurait fait une épouse attentive. Néron, couché entre nos pieds, suivait d'un œil torve ce cérémonial propre aux ménages de retraités.

Nous évoquâmes longuement notre jeunesse et les amis perdus de vue. Au début, j'avais ressenti une gêne indéfinissable. Il m'était même venu la pensée coupable qu'Irma, peut-être désireuse de se venger de son infortune conjugale, souhaitait pousser plus loin notre intimité. Il faut dire que me trouver seul chez moi avec une femme que j'avais désirée et qui avait hanté parfois d'une façon inavouable mes rêves de célibataire constituait une épreuve que j'aurais volontiers, en d'autres temps, assimilée au supplice de Tantale. Mais l'abandon confiant d'Irma n'avait sans doute rien d'équivoque. Elle se sentait en sécurité sous mon toit et seule la vanité masculine et quelques réminiscences m'avaient fait imaginer que ses effets de déshabillés visaient à provoquer de ma part un assaut qu'elle eût, je me plais aujourd'hui à le croire, repoussé avec indignation.

Quand nous nous séparâmes pour la nuit, elle dissipa d'ailleurs d'une seule phrase l'ambiguïté de la situation.

« Félix, vous êtes pour moi comme le

frère que je n'ai pas eu..., vous me rendez la sérénité... »

N'empêche, me dis-je en allumant ma pipe, quand elle eut disparu dans sa chambre, que je serais bien aise que cet imbécile d'Henry vienne récupérer sa femme.

Nous passâmes ainsi une semaine au cours de laquelle Irma prit le pouvoir. Elle décida, par exemple, que la commode de l'entrée serait plus en valeur dans le salon, à la place du coffre anglais, et que le porte-revues de cuivre serait avantageusement remplacé par un guéridon. Cette permutation nécessita l'intervention d'un électricien pour déplacer une prise de courant. Puis elle envoya les doubles rideaux au nettoyage et réorganisa l'agencement des penderies afin que je ne sois pas obligé d'attendre qu'elle sorte de « sa » chambre pour choisir un costume et une cravate. Le plombier vint remettre en état la douche du cabinet de toilette, de manière que nous n'ayons plus à nous faire des politesses pour user de la salle de bain où elle put enfin s'établir commodément. Avec l'aide de Pilar, elle déplaça les meubles de cuisine et redistribua la vaisselle dans les placards, si bien que trouver le grand verre où j'ai l'habitude de boire mon bourbon ginger ale me prit un soir vingt-cinq minutes. Elle fit aussi shampooiner les moquettes et, aussitôt après, interdit à Néron l'accès du salon. Cette atteinte à la liberté de circulation du boxer, qu'elle ne voulait pas non plus voir dans l'entrée ni dans « sa » chambre, me parut contraire aux accords d'Helsinki.

« Ma chère Irma, dis-je d'un ton conciliant mais ferme, Néron a l'habitude de vivre ici comme bon lui semble et je ne voudrais pas que votre présence entraînât pour lui de contraintes nouvelles.

— Mais, mon cher Félix, Néron vous fera tourner en bourrique. On croirait que vous habitez chez votre chien. D'ailleurs, vous n'avez aucun sens pratique. Ainsi, quand je vois votre table de travail orientée face à la bibliothèque, alors qu'elle devrait être de trois quarts, face à la fenêtre, je me dis que vous avez vraiment besoin qu'on prenne en main votre intérieur...

— Ah ! non, vous n'allez pas déménager mon bureau..., j'ai mes habitudes et...

— Bon, bon, Félix, mon ami, ne vous fâchez pas. Le bureau, je vous l'abandonne, tant pis pour vous, mais le reste, je m'en occupe... Je vous dois bien ça ! »

Son sourire de commisération me remplit d'inquiétude. Quelles « améliorations » pouvait encore envisager Irma qui, le matin même, venait de passer un contrat avec le fleuriste pour le renouvellement bi-hebdomadaire des fleurs de la maison. Jusque-là, je m'étais satisfait d'une seule rose dans une flûte de cristal. Chaque jour, depuis que la femme d'Henry exerçait chez moi ses talents provisoirement disponibles de maîtresse de maison, je trouvais dans mon courrier des factures pour des travaux, des produits, des objets que je n'avais pas commandés et dont l'utilité ne me paraissait pas évidente. Au début, je m'étais attendu de la part de Pilar, qui jusque-là gouvernait mon foyer, à une opposition marquée ou tout au moins à une résistance sournoise. J'eus l'explication de la passivité et même d'une certaine complicité de la jeune Espagnole le soir où Irma m'informa qu'elle avait augmenté de deux francs le salaire horaire de ma femme de ménage.

« Une fille comme ça, c'est une perle, Félix. Si vous ne devancez pas les augmentations, on vous la débauchera. »

Quant à Néron, il me décevait encore davantage. En dépit des brimades que lui infligeait son ancienne maîtresse, il vouait à celle-ci une affection sans bornes. Il lui obéissait plus volontiers qu'à moi et, quand je sortais, ne manifestait plus d'une façon aussi évidente le désir de m'accompagner. Si je l'enfermais avec moi dans mon bureau, au bout de cinq minutes, il grattait la porte pour aller rejoindre Irma, ce qui lui valait, le plus souvent, un internement immédiat dans l'office où elle souhaitait le cantonner. De la même façon, il pouvait rester assis une demi-heure devant la porte de la salle de bain derrière laquelle la femme d'Henry restaurait son maquillage. Je sentais peu à peu la jalousie s'insinuer dans mon cœur.

« Je me demande, dis-je un soir d'un ton un peu amer, si vous n'auriez pas dû garder ce chien !

— Ah ! si ça n'avait dépendu que de moi, jamais il n'aurait quitté la maison, les enfants l'adoraient.

— A propos des enfants, les vacances vont finir, qu'allez-vous... ?

— J'ai oublié de vous dire, Félix, que je pars demain pour quarante-huit heures chez maman pour lui expliquer la situation. Ne vous en faites pas, je vais régler ça. »

J'eus plaisir à me retrouver seul chez moi avec Néron. Je pus enfin passer une soirée à écouter des pièces pour clavecin, instrument qu'Irma déteste, et dont le

« superbe ferraillement » me rend euphorique.

Néron, en revanche, se montra maussade. Je le vis monter la garde un long moment derrière la porte palière, soupirant parfois à fendre l'âme comme un amoureux désirant le retour de sa bien-aimée. Excédé par cette attitude dénuée de virilité, je finis par envoyer le boxer à l'office.

Irma, assez fière de ce retour de flamme canin, m'avait expliqué qu'il était tout à fait compréhensible. N'avait-elle pas été la première à tenir Néron dans ses bras alors qu'on venait de l'enlever à sa mère ? C'est elle encore qui avait épongé ses premiers pipis, qui lui baignait les yeux à l'eau de rose, qui hachait du foie pour rendre sa bouillie plus fortifiante, qui prenait sa température quand on redoutait la maladie de Carré. Mais cela ne justifiait pas à mes yeux l'attitude plutôt désinvolte du boxer à mon égard. Je me disais que cette gratitude à retardement qu'il manifestait à Irma il aurait pu tout aussi bien me la réserver. En fait, si j'acceptais provisoirement de partager mon appartement avec une femme désorientée, je ne me résignais pas à voir se dédoubler l'affection de Néron. Comme s'il avait compris mon état d'âme, le boxer, que je ne pus tenir enfermé plus de dix minutes, vint quêter une caresse, brandir la patte en remuant la queue. Peut-être avait-il besoin lui aussi d'être rassuré. Je me surpris à lui dire d'un ton benêt :

« T'en fais pas, elle reviendra. »

C'est au cours de la seconde journée d'absence d'Irma, qu'Henry téléphona.

« Salut, Félix ! Comment vas-tu ? »

Le ton désinvolte ne laissait deviner aucune inquiétude particulière.

« Bien, Henry, et toi ?

— Parfait..., mais je ne sais pas où est passée Irma. Je rentre de Suisse, une mission pour l'affaire de Montana... et la maison est vide.

— Ah !

— Il faut que je te dise, Félix, qu'on est un peu en froid en ce moment. Elle s'est mis dans l'idée que j'avais emmené une fille en Suisse... avec moi... Tu te rends compte ?

— Et tu ne l'as pas fait ?

— Non, penses-tu..., je ne l'ai pas emmenée..., elle m'a rejoint là-bas. Je l'ai connue à Edimbourg. C'est la réceptionniste de l'hôtel où nous étions descendus... Une affaire... Mais, hein ! pour trois semaines..., pas plus, tu me connais, pas de liaisons...,

ça complique trop la vie... et puis la famille, hein ! c'est sacré !

— Tu as raison, c'est sacré !

— Tu n'as pas de nouvelles d'Irma,
toi ?... Elle doit se cacher chez une amie
pour m'embêter... Je sais que les gosses
sont chez sa mère.

— Peut-être a-t-elle décidé de prendre
un amant... pour trois semaines !

— Penses-tu, tu la connais, popote et
bobonne comme elle est ! Je suis bien
tranquille, son mari, ses gosses, sa maison,
c'est tout ce qui compte... C'est une fille
formidable, Irma.

— C'est pourquoi tu la trompes !

— Oh ! dis, oh ! C'est pas aux vieux gar-
çons de faire la morale. De temps en
temps, il faut laisser de côté le plat du jour
et choisir à la carte... Si tu étais marié,
Félix, tu comprendrais ça !

— J'essaie de comprendre !

— A propos de carte, on pourrait pas se
faire une bouffe un de ces soirs tous les
deux, je suis un peu fauché et je tape dans
les conserves. Tu m'inviterais que ça me
ferait plaisir.

— Pas cette semaine... J'ai... des tas
d'obligations, mais rappelle-moi la semaine
prochaine... Pour Irma, tu n'es pas
inquiet ?

— Inquiet ! Pourquoi, grand Dieu ! Elle boude, c'est tout... D'abord elle a pas l'ombre d'une preuve... T'en fais pas, elle reviendra.

— Je ne m'en fais pas..., elle reviendra.

— Salut, Félix !

— Au revoir, Henry ! »

La fatuité de mon ami me laissait rêveur. S'il avait montré la moindre inquiétude, il est certain que malgré la promesse faite à Irma, je lui aurais dis qu'elle était chez moi. Mais il méritait une leçon et je décidai de supporter encore sa femme quelques jours pour voir s'il finirait tout de même par se poser des questions. A sa place, j'aurais vécu dans une angoisse insupportable, imaginant ma femme en train d'enjamber la barrière du troisième étage de la tour Eiffel, noyée comme Ophélie dans les eaux sales de la Seine, ou se jetant sous le métro. Mais lui, phallocrate, sûr de son pouvoir, convaincu qu'il saurait en quelques phrases se laver de tout soupçon et même jouer l'indignation devant un pareil manque de confiance, souhaitait seulement faire un bon repas.

Je fis incidemment remarquer au boxer que son ancien maître n'avait même pas demandé de ses nouvelles.

XIII

IRMA a certes beaucoup de défauts, mais c'est une mère exemplaire. La meilleure preuve c'est qu'elle ne voulut pas que ses enfants fussent plus longtemps séparés d'elle. Elle les amena chez moi. Au soir de leur arrivée, je pris la chose un peu trop à la légère, François dit « Fanfan » et Michèle qu'on appelle « Michette » m'ayant comblé d'amabilités. A la réflexion, je me suis dit plus tard que leur mère avait dû organiser elle-même ce débordement de tendresse à mon égard.

Pleins d'une vitalité restaurée par un séjour à la campagne, les deux enfants furent enchantés de retrouver Néron et ce dernier, qui décidément n'a pas de rancune, se roula de plaisir sur les tapis. Après quoi, le trio se livra avec grand tapage à une course poursuite dans l'appartement. Admonestés par Irma, ils optèrent pour le jeu de cache-cache, réputé moins violent. Chaque fois que le chien découvrait Michette dissimulée dans un placard ou Fanfan aplati derrière un fauteuil, ses aboiements faisaient vibrer les globes des lampes d'opaline. Il se révéla impossible de lui imposer silence et j'eus brusquement conscience de perdre le contrôle d'une situation dont Irma semblait s'accommoder.

« Il faut bien qu'ils jouent, Félix, ils sont si contents d'être ensemble. »

Un dérapage incontrôlé à l'entrée du salon amena Néron sur le pied d'un guéridon, qui fut balayé comme un arbre sous l'ouragan. Une bonbonnière assez précieuse, qui me venait de ma grand-mère et dont on affirmait qu'elle avait appartenu à la reine Victoria, éclata comme une grenade. La détonation mit fin au jeu. Néron se retrouva dans l'office, la langue pendante, et les enfants furent invités fermement à se plonger dans des albums de bandes dessinées.

« Où allez-vous les coucher, dis-je, abasourdi par le chahut et anéanti par la destruction d'un objet auquel je tenais.

— J'ai acheté deux lits de camp pliants et deux duvets. Michette couchera dans ma chambre, Fanfan dans le bureau. »

Et la vie s'organisa ainsi. Cohabiter avec une femme dont vous ne souhaitez pas spécialement partager l'intimité est déjà une épreuve, mais quand s'y ajoute l'agitation permanente que créent un garçonnet de douze ans et une fillette de dix ans en excellente santé, curieux de tout et confiants dans votre mansuétude, il vous prend des envies d'aller habiter l'hôtel.

Les enfants d'Irma et d'Henry passent cependant, en fonction des critères actuels, pour bien élevés. C'est-à-dire qu'ils se comportent comme si le monde avait été spécialement conçu à leur intention et les gens qui l'habitent délégués à leur service. Ils considèrent, l'un comme l'autre, en cas de conflit autour d'une part de gâteau ou de la possession d'un illustré, que les adultes sont des alliés naturels qui doivent entrer dans la bagarre pour aider au triomphe de leur cause personnelle. Si bien qu'on est toujours en état de guerre froide avec le garçon ou la fille, la neutralité provoquant fatalement les agressions conjointes des deux. En fait, ils ne font spontanément alliance que pour protester à l'annonce de l'heure du bain, ou de l'extinction des feux.

Un soir, alors que les chéris dormaient, après avoir construit puis détruit à grand fracas un château fort dressé avec mes livres, Irma me reprocha ma mine renfrognée.

« Il faut comprendre ces enfants, Félix. A cet âge, ils ont besoin de se dépenser. Il ne faut pas être égoïste..., ils vous aiment tant.

— Mais ne demandent-ils pas leur père ?

— Je leur ai dit qu'il était en voyage et... que l'on nettoyait notre appartement.

— Mais enfin, Henry est rentré, il m'a téléphoné. Vous me mettez dans une situation très délicate, Irma. On ne peut continuer à vivre ainsi.

— Et ma situation à moi, y pensez-vous ? Camper chez vous n'est pas drôle... Je sais que nous troublons votre vie, mais dès que j'aurai constitué mon dossier de divorce, nous retournerons chez nous et Henry s'en ira vivre où bon lui semblera.

— Vous êtes vraiment décidée ?

— Et comment ! »

En attendant la rentrée des classes et pour faire tenir les enfants tranquilles, Pilar ayant décliné l'offre de les emmener promener, il fallut trouver des solutions.

« La tétévision leur manque, observa Irma après avoir interrompu une parodie de corrida dans laquelle Néron tenait avec fougue le rôle du taureau.

— Eh bien, installez le poste dans le salon, dis-je, prêt à tout ce jour-là pour avoir un semblant de paix.

— Ton poste, il est merdique, intervint Fanfan. Il fait que le noir et blanc et il n'a même pas la troisième chaîne.

— A la maison, nous, on en a un grand comme ça et en couleurs », renchérit Michette en écartant les bras.

Le lendemain, un loueur vint installer un récepteur de la taille d'un réfrigérateur de luxe. A partir de cet instant, tous les cow-boys de l'Ouest se donnèrent rendez-vous dans le salon quand celui-ci n'était pas occupé par des chanteurs pop, des joueurs de football ou des assassins venus en droite ligne des bas-fonds de Chicago.

Je choisis dès lors d'allonger sensiblement les itinéraires de promenade de Néron et de vivre le reste du temps dans mon bureau où les enfants ne venaient guère que pour emprunter un dictionnaire quand, dans un creux des programmes télévisuels ou fatigués par leurs excentricités, ils s'absorbaient dans des mots croisés.

A la fin d'un après-midi ensoleillé, alors que je rentrais avec Néron d'une balade au

Bois, Irma m'informa que nous avions eu une visite.

« Une jeune femme rousse, précisat-elle.

— Coiffée comme Louis XIV, intervint Michette.

— Vous a-t-elle dit son nom ?

— Je ne lui en ai pas laissé le temps, compléta Irma. Elle devait vendre de la dentelle du Puy ou des tapis persans. Je lui ai dit : « Mon mari n'est pas là », elle n'a pas insisté. »

Il me vint brusquement à l'esprit que cette visiteuse pouvait être Clara Vallabrègues et j'appelai aussitôt l'appartement parisien de ses parents. Ce fut elle qui décrocha.

« Je voulais avoir de vos nouvelles, Clara.

— Elles sont excellentes. Merci. Étant de passage dans votre quartier, j'ai sonné chez vous cet après-midi... La voix, malgré l'accent méridional, était plutôt revêche.

— On me l'a dit. Et vos allergies aux chiens ?

— Guéries, complètement guéries... Mais vous auriez pu me dire que vous étiez marié et père de famille... J'ai eu l'air idiot en me présentant ainsi chez vous sans m'être annoncée... J'espère que ça ne vous causera pas de désagréments... Je voulais vous faire une surprise... La surprise a été pour moi. »

Le ton s'était radouci et je crus déceler dans la voix de Clara l'écho d'un regret, d'une déception, un peu de peine.

« Mais, Clara, je ne suis pas marié, je n'ai pas d'enfants, la dame qui...

— Oh ! je vous en prie, professeur, ne me prenez pas pour une petite Anglaise en vacances... Adieu ! »

En raccrochant, j'avais le rouge de la honte au front. Même si je m'étais humilié pour détromper Clara, je n'y serais pas parvenu aisément. L'innocence a toujours bien du mal à triompher des apparences de la culpabilité. Renversé dans mon fauteuil, j'imaginais, avec la fâcheuse propension que j'ai toujours eue à chevaucher l'hippogriffe, ce qu'aurait pu être la visite de Clara sans la présence d'Irma et de ses enfants. Pilar servait le thé, puis nous bavardions de choses et d'autres, enfin, étant seule à Paris, la jeune fille acceptait tout naturellement mon invitation à dîner. Pendant le repas, nous dressions un calendrier des expositions à voir ensemble et des concerts à entendre. Je la voyais même, puisque guérie de son allergie à

Néron, nous accompagner au Bois. Car, me disais-je encore, en choisissant de me rendre avec quelque audace une visite impromptue, elle démontrait que je ne lui déplaisais pas et qu'elle souhaitait développer nos relations.

J'appartiens en effet à cette catégorie de sentimentaux stendhaliens pour qui la femme, autant que l'objet de l'amour, peut en être l'occasion. Je pris Néron à témoin de ma déception, mais sans même lever la tête du tapis où il somnolait, le boxer se contenta de faire rouler ses gros yeux dans les orbites pour me jeter du fond de sa vacuité un regard où je crus lire un conseil amical du genre « laisse tomber, papa ».

Mon premier mouvement fut de tancer la femme d'Henry qui, non contente d'usürper chez moi une autorité de moins en moins supportable, m'attribuait un rôle équivoque que je ne me souciais peu de tenir. J'étais las de sa présence, de ses impairs, de ses enfants, de ses problèmes. Je ne souhaitais que retrouver ma tranquillité. J'étais en train de devenir misogame et, si la situation se prolongeait, je me réveillerais un matin résolument misogyne.

Quand Pilar vint m'avertir que le dîner

était servi, ma lâcheté l'emporta, je renonçai à l'esclandre, remettant à plus tard une explication qu'on ne pouvait d'ailleurs avoir en présence de Michette et de Fanfan. Bien que ma colère soit tombée, c'est encore pour me dérober que j'entraînai ce soir-là Néron aux confins de l'arrondissement. Je ne voulais pas me trouver en tête-à-tête avec Irma devant cette tisane vespérale dont elle avait fait un rite domestique.

Fine mouche, la femme d'Henry se rendait bien compte de la détérioration de nos relations, aussi se montra-t-elle aimable presque câline au cours des jours qui suivirent. Pilar, de son côté, commençait à trouver la place moins bonne que par le passé. Il n'existe aucune commune mesure en effet entre l'intérieur d'un célibataire conciliant, même nanti d'un chien, et le ménage d'un couple affligé de deux enfants qui affichent pour l'ordre un mépris constant. Trouver un siège libre supposait, dès le milieu de la matinée, une quête irritante. Des magazines, des vêtements, des objets divers traînaient çà et là sur les fauteuils. Comme la pluie battait les vitres, Fanfan avait construit avec son Meccano un convoyeur aérien qui, partant du buffet de la salle à manger, aboutissait à la corniche d'une bonnetière, ce qui rendait périlleuse la circulation des adultes dans un secteur de l'appartement. Michette, dont Irma encourageait les talents d'aquarelliste, barbouillait des compositions abstraites, qu'elle mettait ensuite à sécher avec des épingles à linge aux dossiers des chaises.

Le jour où je la vis, avec l'assistance de son frère, peindre en vert les oreilles et la queue de Néron, après avoir appliqué sur la croupe du malheureux boxer des décalcomanies d'une rare ténacité, j'intervins vigoureusement au nom de la loi Grammont qui, depuis le 2 juillet 1850, protège les animaux de la malveillance des humains.

Pendant que Pilar repassait des piles de linge en soupirant, surveillée par Irma qu'un faux pli rend agressive, je ressentais les premières atteintes de l'avertin, cette maladie mentale qui rend furieux les moutons les plus dociles. Les seuls bons moments de mes journées restaient les heures où, Néron en laisse, j'arpentais l'asphalte des trottoirs en imaginant des solutions radicales pour remédier à une situation dont personne ne semblait envisager le dénouement.

Ce vendredi-là, nos pas nous avaient

conduits par des avenues bordées de platanes loin d'un domicile que je ne songeais plus qu'à fuir, quand, boulevard Daniel-Fallot, la circulation automobile me parut soudain anormalement insignifiante. La vue de nombreux cars de police alignés au long des trottoirs et la présence, tous les vingt mètres, de C.R.S. attentifs me fit tout d'abord penser qu'un étranger de marque visitait la capitale. Un lointain brouhaha détruisit rapidement cette hypothèse : une manifestation s'avançait. C'était un de ces cortèges revendicatifs auxquels les Parisiens sont accoutumés. Occupant toute la largeur de la chaussée, des hommes et des femmes marchaient, au rythme lent des démonstrations de masse, derrière une voiture-radio de la police. Des banderoles et des pancartes m'apprirent que les manifestants, au demeurant pacifiques et disciplinés, appartenaient à la confédération des pépiniéristes et entendaient protester contre l'extension des zones urbaines qui les privaient des espaces nécessaires à l'exercice de leur profession. Ils réclamaient, en outre, par des slogans repris à pleine voix, une augmentation des marges bénéficiaires, la diminution des impôts, la réduction de la T.V.A., l'attribution d'essence détaxée, l'arrêt des importations de micocouliers de Virginie et de Nothofagus de Chine et, subsidiairement, la nationalisation des garden-centers.

Rien de ce qui touche à l'arboriculture ne pouvant être étranger à Néron, nous suivions, le boxer et moi, d'un œil sympathique le défilé de ces contestataires qui en valaient bien d'autres. L'atmosphère était d'ailleurs sereine. Certains C.R.S., reconnaissant dans les rangs des pépiniéristes des jeunes gens qu'ils avaient déjà vus la semaine précédente en tête du cortège des écailliers stagiaires et, l'avant-veille, au meeting des poseurs d'antennes, leur adressaient de petits signes amicaux de la matraque. Venus de la place de la Bastille, où il n'y a, depuis belle lurette, plus rien à prendre, les marcheurs se dirigeaient tranquillement vers Beaubourg où il y a tout à laisser.

Sans souci de la surcharge sémantique des mots qui aurait pu donner à penser à un extra-terrestre que les Français sont les plus malheureux des habitants du monde, les passants, habitués à ces démonstrations, vaquaient à leurs occupations et, pour ne pas avoir l'air de se désintéresser d'une catégorie socio-professionnelle dont ils ignoraient tout, acceptaient, au passage, les tracts que leur tendaient des jeunes

filles « couronnées de pampre et de marjo-
laine ».

Tout allait donc pour le mieux dans la
plus aimable des manifestations quand un
olibrius inconnu, qui porte aujourd'hui
encore un redoutable responsabilité, es-
saya d'une voix de stentor un nouveau
slogan qui plut immédiatement et que les
autres reprirent en chœur en scandant les
syllabes.

« Pou...voir... d'a...chat... Pou...voir...
d'a...chat. »

Une seule et énorme voix faite de centaines d'autres emplit l'avenue. Répercutée
par les façades, la formule provocante s'en-
fla jusqu'à faire sursauter dans les arrière-
cours les gardiennes d'immeubles épa-
nouies devant leur récepteur de télévision.

Néron ne retint qu'une seule des quatre
syllabes : la dernière. Tous les propriétaires de boxers savent que le mot « chat »,
même prononcé à voix basse dans une
conversation mondaine, fait dresser
l'oreille aux représentants d'une race qui
doit avoir un très vieux compte à régler
avec la gent féline. Je sentis brusquement
la laisse se tendre, tandis que l'échine de
Néron se hérissait et que des insultes inau-
dibles montaient de sa gorge étranglée par

180

le collier. Les yeux exorbités, le boxer fixait cette foule braillarde qui inconsciemment le défiait en appelant au pouvoir son pire ennemi. Arc-bouté, je me penchais pour tenter de le calmer d'une caresse, quand le mousqueton s'ouvrit, libérant le chien. En trois bonds, il fut sur le flanc du cortège, gueule bavante, crocs découverts, n'ayant à travers tous ces mollets défilants qu'un seul objectif : se saisir du matou dont on réclamait si fort l'avènement.

Ma voix se perdit dans la vocifération rythmée des pépiniéristes. Livré à son instinct, le boxer cherchait à s'introduire dans les rangs des manifestants. Sans le coup de pied que lui décocha un grand gaillard à veste de cuir, peut-être aurait-il renoncé. Mais, le geste décuplant sa fureur, il mordit.

Aussitôt j'enregistrai un flottement dans la foule, puis des cris de femmes s'élevèrent, tandis qu'un groupe se rassemblait autour du mordu qui montrait une fesse saignante à travers la déchirure d'un bluejean. La chorale se désunit, il y eut des insultes à l'égard de la police.

« Ils ont lâché des chiens », hurla une femme au bord de la crise de nerfs.

Je vis les C.R.S. quitter leurs calots et coiffer leurs casques à visière de plexiglas.

Néron ne m'avait pas échappé depuis plus de deux minutes que la première grenade lacrymogène atterrissait au milieu de la manifestation désorientée.

D'une encoignure, je pus suivre de bout en bout la bataille qui s'ensuivit. Cueillies on ne sait où, des pierres volèrent auxquelles répondirent d'autres grenades. Des types qui voulaient peut-être offrir un pantalon à la première victime de Néron abattirent avec une maestria de professionnels la vitrine d'un magasin de vêtements, tandis que d'autres, désireux sans doute de conserver un témoignage de cet affrontement inattendu, enfonçaient la devanture d'un photographe et s'emparaient d'appareils et de caméras.

Une charge impétueuse de la police, en direction de quelques jeunes gens qui s'efforçaient de renverser une automobile, happa au passage des couples ébaubis émergeant d'un cinéma. Un monsieur, écumant de rage, qui montrait le ruban rouge serti dans la boutonnière de son revers, après avoir reçu un coup de matraque à l'épaule, s'en vit décerner un second sur la tête par un C.R.S. auvergnat.

« On ch'en fou, chirculer. »

Tel Fabrice à Waterloo cherchant la vivandière, je tentai à plusieurs reprises une traversée du boulevard pour essayer de retrouver Néron. Frôlé par des projectiles divers, bousculé, insulté par des gens que je ne connaissais pas et auxquels je n'avais rien fait, je finis par y renoncer et regagnai seul, la mort dans l'âme, ma maison, espérant vaguement que le boxer, guidé par son flair, m'y aurait précédé.

A l'heure du journal télévisé, il n'avait toujours pas reparu. Sans doute pris de court, les cameramen n'avaient pu filmer que la fin de l'échauffourée et l'enlèvement des blessés dont aucun, indiqua le présentateur, ne souffrait de blessures graves.

Irma, Pilar et les enfants, mis au courant de l'aventure, fixaient l'écran avec incrédulité, s'attendant peut-être à voir Néron surgir dans les remous de la foule. L'incident, un commentateur l'expliqua, menaçait de prendre des proportions politiques. Un délégué des pépiniéristes, membre très actif d'un parti d'opposition, vint jeter l'anathème sur « un pouvoir policier qui n'hésite pas à lâcher sur les travailleurs en lutte des molosses dressés à l'attaque ». Il conclut son intervention en annonçant pour le surlendemain une grève de protestation. Un porte-parole du gouvernement vint ensuite soutenir sur un ton mondain et assez peu convaincant que seule la gendarmerie nationale utilisait des chiens pour les recherches dans l'intérêt des familles et que jamais, au grand jamais, les unités du maintien de l'ordre n'avaient disposé d'auxiliaires à quatre pattes.

Puis vinrent des témoins. Des mordus qui, par décence sans doute, ne voulurent pas montrer leurs morsures, d'autres qui, poursuivis par les chiens, avaient réussi à les distancer, d'autres encore qui soutenaient avoir « tout vu ».

« Les chiens ont été lâchés par des civils qui se tenaient embusqués sur les trottoirs, dit un homme.

« C'était des grands chiens noirs à longs poils, précisa un autre.

— Moi, j'ai vu des bouledogues avec des dents comme ça, ajouta une femme qui avait suivi la bagarre d'une fenêtre située au quatrième étage d'un immeuble.

— J'ai eu affaire aux chiens d'attaque des ennemis pendant la guerre, assura d'un ton pédant un gros rougeaud. C'est simple, on leur donne pas à manger pendant huit jours et après on les lâche... Vous voyez le travail ! »

Un professeur de sociologie, qui avait appris par la radio les événements de l'après-midi, tint à donner son point de vue pour « compléter le dossier ».

« Pendant l'esclavagisme dans le sud des États-Unis, les planteurs disposaient d'une race de chiens dressés à retrouver et à ramener les esclaves en fuite. D'après ce que j'ai entendu dire, la description des molosses qui sont intervenus cet après-midi semble correspondre assez bien avec celles de ces chiens américains. »

Le présentateur, en remerciant tout le monde, n'oublia pas d'ajouter que le sociologue venait de publier chez Settal, un livre sur la *Manipulation testimoniale*, qui ferait autorité.

Un journal, dont le sérieux n'est plus à démontrer, consacrait une page aux échauffourées et rassemblait témoignages et communiqués divers, émanant des partis politiques et des associations humanitaires, sous le titre : *Film des événements*. J'appris ainsi que c'était à 15 h 08 exactement que Néron avait mordu sa première victime. Dans un commentaire, il était fait part de l'indignation unanime de tous les amis des bêtes qui s'élevaient contre « le dévoiement de l'instinct naturel du plus fidèle compagnon de l'homme à des fins répressives et anti-démocratiques ».

Un parti demandait le limogeage du préfet de police, un autre exigeait la démission du ministre de l'Intérieur, un troisième s'étonnait que le président de la République n'ai pas annulé son voyage aux îles anglo-normandes.

Un texte imprimé en petits caractères et placé entre crochets fournissait la fiche signalétique des « chiens d'assaut ».

Le dogue allemand est un animal athlétique. Sa taille varie entre soixante-douze et quatre-vingts centimètres au garrot. Son poids de soixante à soixante-dix kilos. C'est un excellent gardien, d'intelligence moyenne. Il a de petites oreilles coupées et droites. Sa mâchoire puissante est carrée. Son poil est ras, de couleur fauve, gris-bleu ou arlequin. Plus petit que le dogue allemand, le dogue de Bordeaux, très soumis à son maître, est considéré par les dresseurs comme un des meilleurs chiens de défense.

J'étais atterré par la dimension nationale que prenait la dernière incartade de Néron. S'emparant de témoignages où l'ignorance le disputait à la malignité, l'étonnant amplificateur de la bêtise humaine fournissait aux médias un filon scandaleux encore inexploité. La France mordue se frottait l'hexagone et réclamait justice.

« Qu'allez-vous faire ? me dit Irma d'un ton à peine aimable, comme si elle me rendait par avance responsable des malheurs, indéfinis mais certains, qui allaient découler de tout ça.

— Néron retrouvera peut-être son chemin à travers Paris, ou bien on nous le ramènera. Il porte son adresse dans un tube attaché à son collier.

— Vous pourriez téléphoner à la police, aux objets trouvés, à la S.P.A.

— Pour qu'on me fasse payer les vitrines brisées et que la Sécurité sociale me demande le remboursement des soins donnés aux blessés, vous n'y pensez pas ?

— Vous pourriez mettre une annonce dans le journal, offrir une récompense.

— Je le ferai demain si nous n'avons pas de nouvelles de Néron. Mais en attendant je vais prendre la voiture et aller patrouiller dans le secteur où il a disparu. Peut-être, le pauvre erre-t-il toujours à ma recherche.

— Nous allons avec toi, proposèrent d'une seule voix Fanfan et Michette, flairant une possibilité d'aventure.

— C'est bon, je vous emmène, mais soyez sages et ouvrez les yeux. »

Nous rentrâmes à minuit, ayant sillonné toutes les rues et avenues d'un quartier qui avait retrouvé son animation coutumière.

« Et alors ? interrogea Irma, qui nous attendait avec sa tisane.

— On a vu plein de chiens comme ils ont dit à la télé, mais pas Néron », commenta Michette qui tombait de sommeil.

XIV

Dès sept heures du matin, ayant peu dormi, je me confectionnai une tasse de café et m'absorbai dans la délicate rédaction d'une annonce pour les journaux.

Irma et les enfants dormaient encore et, sans consulter personne, je proposais d'offrir une récompense de mille francs à qui retrouverait un boxer bringé répondant au nom de Néron.

Comme j'hésitais sur le choix des abréviations les plus explicites et les moins compromettantes, un coup de sonnette impératif me fit sursauter. En allant ouvrir la porte, je souhaitais que ce visiteur matinal soit un ami des chiens venu m'apporter des nouvelles du fugitif.

A peine avais-je entrouvert le battant que je savais mon vœu exaucé. Néron était là... mais il n'arrivait pas seul. Tenant l'animal à l'attache avec une corde tout à fait indigne d'un chien de race, Henry souriait, l'air ironique, et sanglé dans un imperméable comme un détective de série noire.

« Alors, vieux frère, on abandonne son chien dans la rue ?

— Mais comment... où l'as-tu...

— C'est une dame qui me l'a ramené hier soir. Il courtisait sa chienne. Elle a dévissé le tube d'identité et a lu mon adresse. Si tu avais fait le changement qui s'imposait, elle te l'aurait restitué directement. »

Néron paraissait exténué, il avait l'œil atone, courbait l'échine. Sa robe tachée de cambouis lui donnait l'aspect d'un clochard. Sans même solliciter une caresse, sitôt détaché, il fila dans l'office, désireux sans doute de se faire oublier.

Au plaisir de retrouver le boxer se mêlait la crainte que me procurait l'arrivée d'Henry dans une maison où sa famille se cachait. Comme je restais figé sur le seuil, il fit mine d'entrer.

« Tu m'offres une tasse de café !

— C'est-à-dire que...

— Coquin, tu n'es pas seul et je vois à ta mine fatiguée que tu n'as pas dû passer une mauvaise nuit... Elle est jolie au moins ?

— J'ai mal dormi à cause de... Néron. »

Sans plus de façon Henry traversa l'entrée et pénétra dans le salon. J'avais heureusement refermé le canapé-lit dès mon lever et tout était en ordre.

Avisant la cafetière fumante, il s'en fut avec son sans-gêne habituel quérir une tasse dans le buffet et se servit.

« Alors, raconte, comment tu l'as égaré, ce chien ? »

Je n'avais qu'une hâte, voir mon ami vider les lieux avant que n'apparaisse Irma ou les enfants.

« C'est long à expliquer, dis-je. J'ai un rendez-vous et ma toilette à faire...

— Résume !

— Eh bien, nous avons rencontré une manifestation, il m'a échappé, c'est tout !

— Ah ! il est allé donner un coup de patte aux molosses de la police. J'ai vu le journal télévisé hier soir... C'est du propre... Le gouvernement se déshonore ! »

Je ne souhaitais pas plus ouvrir une discussion sur les dangers qu'était supposée courir la démocratie que détromper Henry.

« Sois gentil, laisse-moi..., je te téléphonerai plus tard.

— Oh ! c'est bon, mais tu n'es guère accueillant ce matin... Et puis tu me dois trente-cinq francs !

— Trente-cinq francs ?

— Néron n'étant pas un de ces chiens qui se satisfont pour partenaire d'un pied de table ou d'un accoudoir de fauteuil a fort gaillardement enjambé la chienne de la dame. Et comme cette aimable personne ne veut pas voir ce que donnerait le croisement de son épagneule avec un boxer, elle a aussitôt fait administrer à sa bête une piqûre de diéthyl-stilbestrol... Ça lui a coûté trente-cinq francs que j'ai cru courtois de lui rembourser.

— Je n'ai pas d'argent sur moi », dis-je en fouillant inutilement les poches de ma robe de chambre.

Henry se mit à rire.

« Il n'y a pas urgence, Félix... Je m'en vais... mais, dis-moi, tu n'as pas de nouvelles d'Irma... Je commence à être inquiet, ça fait trois semaines qu'elle n'est pas rentrée.

— Des nouvelles d'Irma..., trois semaines déjà..., ça fait long... », balbutiai-je.

Henry me mit la main sur l'épaule et me considéra avec commisération.

« Mon pauvre Félix, tu as l'air complètement ahuri ce matin... Je serais curieux de connaître celle qui t'a mis dans cet état... Tu en as une tête. »

Toujours moqueur, mon vieil ami s'apprêtait à quitter le salon. Je respirais à peu près normalement pour la première fois depuis dix minutes, croyant mon honneur sauf, quand Henry heurta dans la pénombre de l'entrée celle que je redoutais tellement de le voir rencontrer sous mon toit. Elle sortait de son lit avec la parfaite désinvolture qu'autorise l'intimité d'un foyer.

Pensant peut-être avoir affaire à l'inconnue dont il imaginait un instant plus tôt les prouesses, Henry hésita une fraction de seconde avant de reconnaître sa femme.

« Pardon, mada... C'est toi ! qu'est-ce que tu fais là ? »

Si Henry avait brusquement blêmi comme doit le faire tout époux irréprochable en rencontrant au petit matin sa femme en déshabillé dans l'appartement d'un célibataire, le visage d'Irma s'était empourpré. Ébouriffée, croisant d'un geste nerveux les revers à volutes de tulle de son léger vêtement sur sa poitrine, elle fut cependant la première à dominer sa surprise.

« Ce que je fais ? Pas ce que tu imagines en tout cas !

— Il n'y a rien à imaginer..., c'est assez clair..., non ? Vous êtes de beaux saligauds... tous les deux ! »

En parlant il s'était retourné vers moi les maxillaires crispés, le regard méchant, prêt à me sauter à la gorge.

« Irma va t'expliquer, dis-je en faisant un pas en arrière.

— M'expliquer quoi... Comment vous vous y prenez pour...

— Ah ! ça suffit, cria Irma. Il ne faut pas intervertir les rôles, mon bonhomme... Retourne à ton Écossaise et ne t'occupe pas de ma vertu... Mon avocat a un dossier autrement convaincant que tes allusions dégoûtantes...

— Vous allez réveiller les enfants, dis-je à tout hasard.

— Ah ! ah ! Parce que les enfants sont ici..., eux aussi... C'est du joli... Épouse adultère et mère dénaturée ! »

La gifle d'Irma claqua si fort qu'Henry vacilla.

« Il y a longtemps que je te la réservais », hurla la jeune femme.

Je jugeai prudent de m'esquiver, ne tenant pas à arbitrer le pugilat qui s'annonçait.

« Toi, reste ici, j'ai à te parler, dit Henry d'une voix chevrotante d'indignation en m'agrippant le bras.

— Moi, je n'ai rien à te dire... sinon qu'Irma n'est pas ma maîtresse... Expliquez-vous tous les deux, épargnez mon mobilier... et... pensez tout de même aux enfants !

— C'est ça, on va s'expliquer », lança rageusement l'épouse furibonde, en marchant sur son mari avec la détermination d'un sergent de commando.

Réfugié dans mon cabinet de toilette, j'entendis pendant un bon quart d'heure des éclats de voix qui, par chance, ne troublèrent pas le sommeil de Michette et Fanfan, qu'on a toujours du mal à tirer du lit. Quand le ton montait, des qualificatifs et des épithètes difficiles à transcrire me parvenaient, puis quand la violence des échanges parut s'atténuer, je reconnus des mots qui, même isolés de leur contexte, me permirent d'apprécier l'évolution du conflit à travers les voix alternées d'Irma et d'Henry.

— ... Montana hôtel...
— ... une collègue...
— ... trois heures du matin !...
— ... quiproquo...
— ... la lettre...
— ... mégarde...
— ... divorce...
— ... pas le coup...
— ... mensonge...
— ... je t'assure...

— ... trahison...

— ... égarement...

— ... liaison...

— ... passade...

— ... un mois...

— ... amourette...

— ... oublier...

— ... jamais...

— ... Félix ?...

— ... un babilan[1]...

— ... passons...

— ... l'Écossaise...

— ... faiblesse...

— ... qui a bu...

— ... fini...

— ... à la maison...

— ... on verra...

— ... tu sais bien...

— ... c'est vrai ?...

— ... malheureux...

— ... moi aussi...

— ... que toi...

— ... toujours...

1. Irma utilise ici une expression italienne qui désigne un homme condamné à l'amour platonique « par décret de la nature ». Ce vocable, assez peu flatteur pour Félix, vient de Babilano Pallavicino, noble génois du XVIIᵉ siècle qui dut se séparer de sa femme ne pouvant remplir son rôle d'époux. La situation connue dans toute l'Italie fournit aux linguistes le terme *babilan*.

J'étais certain qu'Henry aurait comme chaque fois le dernier mot, qu'il obtiendrait aisément son pardon et peut-être même des attendrissements de la part d'Irma qui, en venant se réfugier chez moi, nous avait mis tous deux dans une situation équivoque. Mais je n'étais pas prêt, de mon côté, à absoudre le mari pour les soupçons ridicules manifestés à mon égard, pas plus que je n'encaissais le qualificatif de « babillan » que m'avait assez méchamment décerné sa femme. Si j'avais été un ami moins loyal et, comme Henry, gouverné par les sens, cette calomnie gratuite m'eût du moins été épargnée.

Comme ne venaient plus du salon que des chuchotements, je me préparais à sortir Néron qu'on avait complètement oublié depuis le début de la querelle quand Pilar arriva.

« M. Pastor est là... avec sa femme, dis-je en désignant la porte close.

— Houlala ! ça va faire dispute, hé !

— C'est déjà fait, mais je crois que tout s'arrange. »

Puis elle avisa Néron qui semblait avoir retrouvé son assurance.

« Et loui, d'où qu'elle vienne, sale comme oune peigne !

— Mon ami Pastor l'a ramené.

— Hé ! c'est bienne, commé ça toute lé monde y cé rétrouve à la casa... Vienne Nérone qué jé té débarbouille. »

L'avenue, ce matin-là, me parut sous un soleil timide en visite entre deux averses particulièrement accueillante. Leurs vacances terminées, les Parisiens, un peu moins pâles, reprenaient leur démarche de gens toujours pressés. Il y avait des embouteillages aux carrefours et les contractuelles déposaient sur les pare-brise des automobiles arrêtées en double file les premiers papillons blancs de l'automne. Néron, vigoureusement frictionné au gant de crin, sentait la lotion, ce qui plut sans doute au chow-chow du 147 qui oublia de grogner. Sa maîtresse, aussi surprise que moi de cette urbanité, m'adressa pour la première fois un signe de tête.

Les journaux du matin ne s'intéressaient qu'à la nouvelle augmentation du baril de pétrole brut. Ils avaient oublié « les chiens du pouvoir ». Personne ne pouvait se douter que nous avions vécu, Néron et moi, en moins de quarante-huit heures, deux drames d'où nous sortions indemnes. Nous pouvions remercier le ciel.

J'escomptais, en regagnant mon domicile, trouver toute la famille sur le départ. Je fus désappointé. Les enfants écoutaient pérorer leur père. Irma complotait avec Pilar dans la cuisine. Tous ces gens donnaient l'impression d'être chez eux. A peine avais-je franchi le seuil de l'appartement qu'Henry m'entraîna dans mon bureau pour une conversation confidentielle.

« Tu sais, Félix, que je ne t'en veux pas !

— Et de quoi pourrais-tu m'en vouloir, mon Dieu ?

— D'avoir caché Irma.

— Mais je ne l'ai pas cachée. Elle s'est réfugiée ici pendant mon absence, alors que tu concourais en Helvétie au rapprochement franco-écossais. Je me serais bien passé de sa présence... et tu aurais bien mérité que je profite de son désarroi pour lui offrir le genre de consolation que tu prodiguais à une autre !

— Je te connais assez pour être tout à fait tranquille à ce sujet.

— Ce n'est pas ce que tu semblais penser en arrivant.

— Ça a fait plaisir à Irma de me croire jaloux.

— Cela t'a aussi valu une gifle !

— Cette gifle l'a mise en état d'infériorité... C'était la moitié de la reconquête... Tu ne comprends rien aux femmes. »

Une telle fatuité, mêlée à tant de cynisme me fit hausser les épaules. Henry, comme toujours quand mes réactions lui déplaisent, ignora mon geste et enchaîna.

« J'ai encore un petit service à te demander. Voilà. La petite Écossaise tient absolument à correspondre avec moi... Les femmes amoureuses sont de redoutables épistolières. Tu penses bien qu'après la scène que j'ai eue avec Irma je ne peux plus prendre de risques. Alors j'ai donné ton adresse, la demoiselle écrira ici sous double enveloppe.

— Ah ! ça, non, je ne me prêterai pas à ce jeu. Je ne veux plus être mêlé à ta vie sentimentale..., enfin si j'ose dire... Tu te débrouilleras comme tu voudras ! »

C'était la première fois, depuis le début si lointain de nos relations, que je refusais aussi catégoriquement un service à Henry.

Suivant son procédé habituel devant une résistance, il entreprit benoîtement de rappeler les bases de notre amitié, évoqua les années de collège, l'époque où nous partagions une turne, où nous faisions bourse commune. Il osa même faire références aux moments pénibles que nous venions de vivre. Tout cela justifiait amplement à ses yeux cet « à la vie à la mort » des

affections imprescriptibles et par consé-
quent rendait proprement stupéfiant mon
refus de lui ouvrir ma boîte aux lettres.

« Tu es mon frère, Félix, tu le sais, pour
toi je ferais n'importe quoi.

— En effet, tu fais n'importe quoi !

— Je sais, je sais, nous n'avons pas la
même éthique, nous n'attachons pas aux
faits et aux gestes la même importance...
ma façon de vivre te choque..., quoi !

— Elle ne me choque plus, elle me
dégoûte... Ça fait un quart de siècle que je
supporte tes manigances douteuses, que
mon dévouement fonctionne à sens unique. Maintenant, c'est fini, ne compte plus
sur moi. »

Le séducteur, surpris par mon opiniâ-
treté, se laissa tomber dans un fauteuil et
se prit la tête à deux mains.

Je connaissais aussi la tactique de l'api-
toiement sur soi, de l'incompréhension, de
la voix brisée d'émotion, de l'affliction pro-
fonde. Ça pouvait aller jusqu'à l'autocriti-
que, jusqu'à l'humiliation. Je prévins le
coup.

« Inutile de jouer les martyrs et les
mal-aimés. Ça ne prend plus, Henry.
Emmène ta femme et tes enfants, débar-
rasse-moi de toi et de tes problèmes. Je ne
veux plus vous voir.

— Je sais ce qu'il me reste à faire », me lança-t-il, le visage fermé.

Le ton était celui d'un officier dont la trahison vient d'être découverte et qui va se donner la mort d'un moment à l'autre.

« Eh bien, fais-le », dis-je sans me laisser impressionner.

La voix claire d'Irma venant de l'autre côté de la porte rompit le silence.

« A table ! »

Henry fit honneur à la paella de réconciliation préparée par Pilar, plaisanta avec ses enfants, embrassa au moins cinq fois sa femme pendant le repas, complimenta la cuisinière et ne donna pas un instant l'impression qu'il n'était qu'un coupable fraîchement amnistié.

Entre deux services, en voyant Néron faire des mamours à Irma, un peu rêveuse tout de même, il poussa l'audace jusqu'à lui réciter un quatrain d'Haraucourt, poète oublié, auteur de *La Légende des sexes*.

Mon cœur saute vers toi comme un chien vers
[son maître
Et je sens que ma vie accourt à fleur de
[peau
Tout mon être t'espère et quand tu vas paraî-
[tre
Ma chair te reconnaît au bruit de ton man-
[teau.

« Encore ! encore ! cria Michette en battant des mains, tandis que le bon époux caressait le bras de sa femme émue comme une midinette.

— Quel plaisir de voir une famille aussi tendrement unie, ne puis-je m'empêcher de lancer ironiquement.

— Ça, on peut dire quand papa est là qu'on ne s'embête pas », commenta Fanfan, interprétant ma remarque à sa façon.

Je regrettai aussitôt mon persiflage en voyant les yeux d'Irma s'emplir de larmes. Elle n'était, pas plus que moi, dupe du manège d'Henry. Mais elle aimait passionnément ce charmeur. En acceptant de renoncer à sa conviction d'avoir été trompée, elle sublimait la sincérité de son pardon. Je l'admirais en la plaignant et pour qu'elle sache bien que je comprenais ses raisons, je citai : *L'erreur peut se glisser dans le choix de l'objet, elle n'est jamais dans la passion qu'il inspire*[1].

Aussitôt avec un entrain un peu forcé, elle relança la conversation.

« Nous allons vous manquer, mon pauvre Félix, vous avez été si patient avec

1. *L'Égoïste*, de George Meredith.

nous... Votre maison va vous paraître soudain vide !

— Il lui restera Néron s'il ne le perd pas encore, commenta Henry avec un rien de perfidie.

— Ah ! non, Néron on le ramène à la maison avec nous, cria Fanfan outré.

— Ben oui, c'est notre chien, on l'avait que prêté », renchérit Michette.

Un silence pesant s'établit, qu'Henry sut dissiper avec son aisance coutumière.

« A propos de maison, n'avions-nous pas, chère Irma, une proposition à faire à Félix ?

— Une proposition ? dis-je méfiant.

— Oui, c'est une idée d'Henry, fit Irma sans enthousiasme.

— Dis-la donc, ton idée !

— Eh bien..., voilà... Irma, qui a vécu ici quelques jours avec les enfants et qui a pu apprécier la disposition de ton appartement trouve qu'il conviendrait beaucoup mieux à une famille de quatre personnes que le nôtre, maintenant trop exigu...

— Oui, et on fera une chambre pour moi dans le petit salon et une pour Michette dans ton bureau, me lança Fanfan, développant ainsi un plan que les squatters avaient dû concevoir en famille.

— Et maman dit qu'on pourra mettre le

bureau de papa dans un coin du salon et la grande armoire dans l'entrée, précisa Michette.

— Naturellement, dit Henry reprenant vivement la parole, c'est un échange que nous t'offrons... Notre logement, que tu connais, peut parfaitement convenir à un célibataire... »

Pour la première fois de ma vie je sus ce que pouvait être l'instinct de meurtre. Le verre de cristal que je m'apprêtais à reposer sur la table éclata sous la pression de mes doigts sans que j'y prenne garde. Je me levai d'un bond comme si des aiguilles venaient de jaillir de mon siège. Néron, qui, assis en bout de table, reniflait discrètement les effluves du fromage apporté par Pilar, se mit aussitôt sur ses quatre pattes, devinant qu'un événement surprenant s'annonçait. Je réussis à me maîtriser pour ne pas lancer mon assiette à la tête d'Henry, mais le ton exagérément aigu de ma voix le surprit autant que moi.

« En voilà assez. Je vous donne cinq minutes à tous pour quitter cette maison où j'entends bien rester. Vous avez assez abusé les uns et les autres de mon amitié. Depuis trop longtemps déjà je vous supporte, je vous endure, je vous subis. Vous êtes une famille de vampires. Allez chercher ailleurs une autre victime dans mon genre, dont vous gâcherez la vie... Partez, ou je ne réponds plus de mes gestes ! »

Fanfan et Michette, bouches ouvertes, levaient sur moi des yeux démesurés. Moïse, voyant paraître Dieu sur le mont Sinaï devait avoir ce regard-là : surprise extrême et crainte irrépressible. Irma, oppressée, baissait les yeux sur son camembert. Henry se raidissait contre le dossier de sa chaise pressentant que toute réaction inconsidérée pourrait lui valoir sa seconde gifle de la journée.

Comme personne ne bougeait, je revins à la charge.

« Allez, ouste ! dehors ! Je vous ai assez vus, déguerpissez ! »

Pilar, qui apportait le dessert, effectua sur sa lancée un demi-tour digne d'un life-guard et s'enferma dans la cuisine.

« Voyons, Félix, quelle mouche te pique, tu n'es pas obligé de...

— Oh ! toi, ne m'oblige pas à te dire ton fait devant ta malheureuse femme et tes pauvres enfants... Le forçat de l'amitié se rebiffe, le patiras se révolte, le samaritain s'exaspère. Vide les lieux ! »

Les gosses, très émus, furent les premiers debout, saisis d'une frayeur respectueuse devant l'oncle Félix qu'ils voyaient pour la première fois en colère.

Dix minutes ne s'étaient pas écoulées que tout le monde était sur le départ, le visage d'une pâleur justifiée. Néron, hiératique et attentif, s'était assis dans l'entrée, d'où il suivait les préparatifs des uns et des autres, le museau relevé, comme pour mieux évaluer la charge dramatique du moment.

Comme j'ouvrais la porte sans qu'un seul mot ait été murmuré, il se mit sur ses pattes précautionneusement et avança sur le palier où il se rassit comme quelqu'un qui a seulement voulu changer de poste d'observation pour être plus à même de suivre le déroulement des opérations. Regardant alternativement la famille regroupée près de l'ascenseur et moi, campé dans l'embrasure de la porte, le boxer semblait se rendre compte que nous abordions tous un de ces fameux tournants du destin, qui ne débouche pas forcément sur une ligne droite.

« C'est maintenant que tu dois choisir, dis-je solennellement au chien. Où tu pars pour ne plus revenir, ou tu restes pour ne plus partir... Décide-toi, Néron ! »

Je m'attendais à ce que les enfants l'appelassent de la voix ou du geste, mais

Fanfan et Michette, serrés contre leur mère, se tenaient cois.

J'avais conscience de l'absurdité de la scène, mais je savais aussi qu'en me libérant de cette famille j'accomplissais un acte salutaire pour la tranquillité de mon esprit, l'indépendance de mes mouvements, la paix de ma conscience.

De la même façon, j'entendais qu'aucune hypothèque ne puisse, à l'avenir, grever mon attachement à Néron, que son appartenance cesse d'être aléatoire et remise en question. C'était donc à lui de choisir son camp, l'instinct du boxer valant bien tous les raisonnements que les humains n'auraient pas manqué de faire si on leur avait demandé un avis.

Une minute s'écoula, lourde d'impulsions retenues, ce qui donna le temps à l'ascenseur d'apparaître à l'étage. Alors Néron se leva pesamment, vint à moi, renifla le bas de mon pantalon comme s'il tenait à m'identifier de manière formelle puis, sans relever le muffle, il me donna un léger coup de tête dans le genou, ainsi qu'il le faisait le matin, au réveil, quand nous nous retrouvions.

Ce fut son adieu.

Quand il se retourna pour marcher vers les enfants, je sentis un pincement au cœur. Ce chien était, à n'en pas douter, meilleur que moi. Avant de refermer la porte, je décrochai la laisse suspendue dans l'entrée et la lançai sur le dallage du palier où elle atterrit avec un bruit de chaîne rompue.

Je savais déjà que je regretterai moins l'amitié trop souvent factice d'Henry que l'inclination que ce chien avait eue pour moi pendant une saison.

XV

Quarante-huit heures ont été nécessaires à Pilar pour remettre l'appartement en ordre et reconstituer mon décor insidieusement transformé par Irma. Elle a aussi fait disparaître avec tact tout ce qui peut rappeler l'existence de Néron : la descente de lit et le coussin qui lui servaient de couche, l'écuelle à soupe et le bol d'eau, même l'odeur un peu fauve du chien, qu'elle a chassée à grands coups de vaporisations à l'essence de pins.

Pendant que la jeune Espagnole se livrait à ces travaux, je me suis tenu enfermé dans mon bureau pour expédier le courrier en retard et mettre mes comptes à jour, tout en remâchant ma colère encore trop récente pour que je puisse en apprécier les heureux effets. Il a fallu deux autres jours encore avant que je retrouve vraiment le goût de vivre, l'envie de sortir et assez de sérénité pour accepter la vue de mes semblables. Je n'avais pas fait trois pas sur l'avenue que je rencontrai la dame au chow-chow grognon. Comme j'étais sans chien, elle s'est enhardie jusqu'à m'adresser la parole pendant que nous attendions notre tour devant le kiosque à journaux.

« Votre Néron n'est pas malade, monsieur ?

— Je ne l'ai plus, ai-je répondu d'un ton rogue.

— Oh ! comme vous avez dû avoir de la peine, monsieur... Popof a déjà huit ans et j'imagine le chagrin que j'aurai quand...

— Néron n'est pas mort, madame. Il va même très bien. Je l'ai rendu... C'était un chien prêté.

— Un chien prêté !... Il y a des gens qui prêtent leur chien... comme un parapluie !

— Des voyageurs, madame !

— Oh ! oui, bien sûr, mais il doit vous manquer..., il avait l'air si affectueux avec vous.

— Il ne me manque pas du tout..., au contraire... Ce chien m'a gâché trois mois de ma vie..., madame ! »

La dame au chow-chow, interloquée autant par ma réponse que par le ton de celle-ci, me regarda m'éloigner comme si j'avais proféré des obscénités. Je la vis converser avec la marchande de journaux, redoutable commère au physique de Carabosse. Je suis à peu près certain qu'elles ont avancé l'idée que j'ai le cerveau dérangé. Pour peu que ces femmes fassent une enquête dans le quartier, cette hypothèse leur paraîtra confirmée. Trois jours plus tard, en effet, j'ai dit à la boulangère, qui me demandait des nouvelles de mon « gros toutou », qu'il avait été atteint d'un tournis incurable et que j'avais dû le faire interner. Au boucher, toujours prospère, qui s'étonnait de ne plus avoir à livrer un bourguignon que ses tricheries sur le poids et le prix mettaient au tarif du gigot, j'ai expliqué que « le beau Néron » avait été acheté par un émir du golfe Persique qui cherchait un boxer dont la robe soit assortie au cuir des banquettes de sa Rolls.

« Et il me l'a payé en pétro-dollars », ai-je conclu pour faire le poids.

Pour l'épicière, j'ai inventé une version plus sentimentale :

« Pendant les vacances, Néron a rencontré en Espagne une demoiselle boxer dont il est tombé follement amoureux. Je n'ai pas eu le cœur de les séparer. »

J'ai vu à l'œil humide de la commerçante que mon récit, un peu étoffé, pourrait trouver place dans les colonnes d'un magazine féminin.

Évidemment, tout cela peut paraître fort puéril, mais j'avais besoin d'user la petite rancune que je gardais contre Néron depuis qu'il m'avait préféré ses camarades de jeu. Et puis tous ces gens, qui ne m'avaient jamais adressé la parole à l'époque où je promenais mon aimable fauve de platane en platane et qui, maintenant, s'intéressaient au sort d'un chien dont je ne sais comment ils connaissaient tous le nom, me portaient sur les nerfs. Mes rapports avec Néron ne regardaient personne et j'étais prêt à composer n'importe quelle fable à l'usage des indiscrets.

La seule personne, peut-être, à qui j'aurais laissé entrevoir la vérité était la demoiselle à la levrette italienne, si frêle et si timide. Je subodorais qu'elle aurait pu comprendre. Mais n'ayant plus aucune raison de pousser mes sorties jusqu'au square Madeleine-Assoignon, zone d'hôtels particuliers et dépourvue de boutiques, je ne rencontrai plus cette jeune fille d'allure romantique.

En une semaine, je réussis à me persuader que j'avais retrouvé, sinon le bonheur, du moins la quiétude qui peut, en attendant mieux, en tenir lieu. J'appréciais à nouveau le plaisir d'être seul chez moi, de composer le programme de mes journées, d'organiser lectures ou traductions, de me laisser conduire par ma paresse si je n'avais pas envie de travailler. Je savais que mon activité ou ma rêverie ne serait pas interrompue par les indispensables promenades du boxer. Il m'est arrivé certes, quand un texte m'absorbait assez pour me faire perdre la notion du temps et des situations, de me dire soudain : « Mais que fait Néron ?... Je ne l'entends pas. » Par deux fois le matin, je me suis surpris à l'appeler en sortant de ma chambre ce qui a fait apparaître Pilar avec un air contrit.

« El perro vous manque, señor, prénez donc oune gato, c'est plous fidèle !

— Jamais, Pilar, nous n'aurons de chat, ce serait trahir Néron qui, pour chasser un félin imaginaire, a failli renverser le gouvernement. »

Comme j'avais décidé de faire tout ce que la présence de Néron, puis celle des autres, m'avait interdit pendant des semaines, je retournai au cinéma l'après-midi. Je vis des films primés dans les festivals et dont les critiques disaient grand bien. Je pus constater une fois de plus, au cours de ces séances, que mes goûts sont sensiblement différents de ceux de mes contemporains éclairés. J'ai en effet tendance à prendre pour navet ce que Pierre ou Paul qualifie de chef-d'œuvre.

Autorisé à fréquenter les restaurants qui n'admettent pas les chiens, je pus faire l'expérience de la cuisine d'avant-garde qui n'est, tout compte fait, que de la combine d'arrière-boutique. J'ai dégusté de la pintade à demi cuite avec du foie de lapin cru, des huîtres tiédies à la vapeur d'algues, des rognons barbouillés de corail d'oursin, des sorbets à la laitue et des brochettes d'olives aux pruneaux. Même un chien très bien élevé et de surcroît affamé n'aurait pas voulu ingurgiter ces mixtures, que seule une bonne dose de snobisme permet à certains de digérer sans dommage.

Quand je rentrais chez moi, je me disais et me répétais que j'étais un homme libre qui avait remis de l'ordre dans sa vie. Comme j'avais fait le vœu, après ma rupture avec Henry et les siens, de ne plus jamais me laisser posséder au nom de l'amitié, j'éconduisis systématiquement tous les gens qui me téléphonaient pour m'inviter à déjeuner ou à prendre un verre avec l'intention dissimulée de m'extorquer un service.

Très vite, le téléphone devint muet, ce qui me prouva la justesse d'une de mes nouvelles théories misanthropiques : les autres ne s'intéressent à vous que dans la mesure où ils peuvent vous convaincre de vous intéresser à eux.

Comme j'aime les situations nettes, j'accomplis une démarche inscrite dans ma campagne de restructuration morale. Je me rendis dès la rentrée à l'institut d'archéologie afin d'y rencontrer mon vieux maître Vitalis Vallabrègues.

« Je tiens à vous dire, professeur, que je suis toujours célibataire, que je n'ai jamais été marié et que je n'ai pas d'enfants !

— Vous avez bien raison, Félix, me répondit l'archéologue, la famille, il n'y a que ça de vrai et le mariage en découle tout naturellement ! »

Je n'insistai pas, me réservant la possibilité de revenir à la charge un jour où le professeur serait plus perméable aux réalités et plus attentif à mes propos.

Comme je m'éloignais un peu perplexe, Vallabrègues me rappela.

« Avez-vous lu, Félix, le livre de cet admirable logicien qui justifie très élégamment la pratique du « suttee » par laquelle, aux Indes, les épouses doivent s'immoler sur le bûcher funéraire de leur mari ?

— Non, professeur, quel est cet auteur ?

— Un diplomate britannique, en poste à Bombay... qui a épousé une veuve anglo-hindoue ! »

Bien convaincu d'avoir tout fait pour restaurer sagement les éléments de base de mon existence, telle qu'elle était avant ma cohabitation contraignante avec Néron, je pus reprendre mes rythmes, mes travaux, mes distractions.

Je renouai tout d'abord avec quelques collègues, puis j'acceptai à nouveau des invitations à dîner. On me proposa de donner des conférences au Canada et au Mexique. Des dames d'âge mûr, amies de ma mère, me convainquirent de les accompagner au concert ou au musée. D'autres, plus jeunes, me ramenèrent sur les courts de tennis et quelquefois même chez elles pour des tournois où l'on ne s'encombre pas de raquette. Seul ou accompagné, je me rendis à Salzbourg pour une représentation de *La Flûte enchantée*, à Londres, pour voir une exposition Sargent à la « Portraits Gallery », à Madrid pour apprécier les nouvelles acquisitions du Prado, à Fiesole, pour retrouver par-delà le dôme de Brunelleschi, le doux moutonnement des collines toscanes.

Au seuil de l'hiver, je suis apparemment redevenu ce qu'Henry définissait autrefois

sans beaucoup d'indulgence : « un amateur à la Valéry Larbaud, un dilettante
doublé d'un hédoniste, un égotiste, fils de
lui-même ». Et cependant je ne suis plus
tout à fait le même homme qu'avant l'été.
J'ai en moi une capacité affective inem-
ployée, dont un caprice du destin m'a
révélé la présence et qu'un renversement
de situation a rendu sans objet.

Quoi que je fasse, pense ou dise, mon
existence m'apparaît désormais divisée
en trois périodes historiques distinctes :
pré-néronienne, néronienne, et post-néro-
nienne.

Après de longues réflexions, d'innombra-
bles pipes et une certaine quantité de
vieux bourbon, j'ai fini par accepter le défi
des sentiments. Objectivement, j'ai déter-
miné laquelle des trois périodes précitées
a été pour moi la plus heureuse et la plus
intéressante à vivre.

Le boxer que j'ai choisi s'appelle Titus.

DU MÊME AUTEUR

IMPRIMÉ EN FRANCE PAR BRODARD ET TAUPIN
Imprimeur - Relieur - Mesnil-sur-l'Estrée - France.

Composition réalisée par C.M.L., Montrouge

IMPRIMÉ EN FRANCE PAR BRODARD ET TAUPIN
7, bd Romain-Rolland - Montrouge - Usine de La Flèche.
LIBRAIRIE GÉNÉRALE FRANÇAISE - 14, rue de l'Ancienne-Comédie - Paris.
ISBN : 2 - 253 - 03028 - 7